KB273094

아버지의 들녘,
나의 뜨락

임춘근 수필집

"아버지가 일군 들녘 위에 나의 시간이 뿌리내렸다"

청어

서문

　고향을 떠난 지 어느덧 삼십 년을 넘어섰습니다. 그러나 내 삶의 뿌리이자 나를 있게 한 그곳이 단 한 순간도 잊힌 적이 없습니다. 고향은 늘 따뜻한 기억으로 남아있어, 그리움 속에서 언제나 미소를 짓게 합니다.

　어린 시절 친구들과 함께 뛰놀던 배꼽마당, 해가 저물어도 끝나지 않던 딱지치기와 구슬치기, 제기차기의 웃음소리. 여름날 산에서 소를 먹이며 흘리던 땀방울, 겨울날 얼어붙은 논에서 나무치기와 스케이트로 채워지던 시간들. 지금은 사라진 풍경이지만 그 모든 순간은 내 마음속에서 여전히 살아 숨 쉬고 있습니다.

　특히 아버지와 함께했던 동물 이야기는 내 청소년 시절의 가장 깊은 기억입니다. 1960년대 농촌은 사람과 동물이 함께 일구던 세상이었고, 그 속에서 나는 아버지의 손길과 함께 성장했습니다. 농경사회에서 공업사회로 넘어가던 그 과도기의 풍경은, 오늘날의 기계화된 농업과는 다른 정겨움과 인간적인 온기를 간직하고 있었습니다.

세월이 흘러 농촌의 모습은 변했지만, 나는 여전히 고향을 찾아 동네 선후배들과 옛이야기를 나누며 그 시절을 되새깁니다. 고향은 단순한 장소가 아니라, 나를 길러낸 시간과 사람들의 기억이 모여 있는 삶의 근원입니다.

이제는 저세상에 계신 아버지께, 그리움과 감사의 마음을 담아 이 책을 바칩니다. 아버지와 함께했던 동물과 곤충, 그리고 사라져가는 농촌의 풍경을 기록하여 내 삶의 뿌리를 다시금 되새기고자 합니다.

이 책은 고향과 아버지께 드리는 작은 헌정이며, 동시에 나를 있게 한 세월에 대한 고백입니다.

2026년 봄을 맞이하며
임춘근

차례

서문

제1부
보리밟기 ────────────────────────────

제2부
가을 운동회 ─────────────────────────

제3부
형아야, 집에 가자

제4부
엿장수

보리밟기

나의 사랑 나의 아버지

아버지가 생전에 살아 계시는 동안 함께했던 동물, 곤충, 벌레 등을 대상으로 살아온 시골의 생활을 글로 표현하고자 한다. 농경시대의 동물과 벌레 곤충은 생활의 일부이다. 이들과 잠시라도 헤어질 수 없던 시절 "꼬끼오" 하고 새벽을 알리는 닭의 울음소리에 깨어나 소를 위한 소죽을 끓이는 것이 하루의 출발이다,

사랑방에서 소죽 냄새가 그윽하면 부엌에서는 밥 짓는 냄새가 아이들의 잠을 깨운다, 형제가 많아 누가 밥을 먹었는지 누가 학교에 갔는지 파악하기 어려울 때가 많았다. 늦잠이 많은 나로서는 행여나 학교에 늦을까 봐 이리저리 뛰면서 밥은 먹는 둥 마는 둥 하고 집을 나선 때가 한두 번이 아니다.

밥을 짓고 남은 음식 찌꺼기를 기다리는 개는 가족의 밥상을 물리기만 기다리고 있다. 빨리 사람들의 식사가 끝나야 다음은 개들의 아침이기 때문이다. 개는 먼동과 함께 동네를 한 바퀴 돌아온다. 운이 좋은 날은 죽은 쥐를 가져오면 포식하기도 하

지만. 가끔은 쥐약을 먹은 쥐를 잡아먹다가 죽는 일도 가끔 있었다. 삼복더위를 위해 기르던 개가 죽으면 얼마나 안타까운지 모른다.

이웃집에서 음식찌꺼기를 동생과 함께 수거해 오면 돼지들의 식사 시간이 시작된다. 수거한 음식찌꺼기와 등겨를 함께 섞어 주면 음식찌꺼기를 수거하던 고통도 순간 잊고 만다. 옆집의 음식찌꺼기는 음식뿐만 아니라 쌀 씻은 물도 포함되기 때문에 굉장히 무거웠다.

배고파하는 염소가 "엄매" 하고 초원이 무성한 들판으로 가자고 한다. 물론 겨울에는 마구간 옆에 두어서 소와 함께 먹이를 먹도록 하지만 초원의 풀이 무성하면 들판으로 안내해 달라고 소리친다. 긴 노끈에 말뚝을 고정하여 두면, 염소가 알아서 배불리 먹고 놀다가 저녁노을과 함께 해가 서산에 넘어가면 "엄매" 하고 주인을 찾는다.

학교에 다녀오면 제일 먼저 마중 나오는 것이 무엇일까 물어보면 대다수가 개라고 생각되지만 그렇지 않다. 대문 앞을 지키고 있는 거위다. 개가 마을 가고 없을 때는 거위도 한몫한다. 개가 도둑을 지키는 것이 아니라 거위가 집을 지키고 있다. 가끔은 동생들은 거위가 무서워 집 안으로 들어오지 못하고 바깥에서 한참을 기다렸다가 집으로 들어오곤 한다. 거위는 낯선 사람이 오면 긴 부리로 사람을 물곤 한다.

눈치 빠른 쥐들은 석양이 되기 무섭게 활동을 시작한다. 물론 낮에도 먹이를 찾아 이리저리 다니고 있지만 본격적인 활동은 저녁때이다. 집안의 짐승들이 먹고 남은 음식을 먹고자 이리저리 방황하지만 그리 배불리 먹지 못할 때는 음식을 찾아 사람이 있는 인접한 곳까지 접근한다.

그러나 쥐들만의 음식 창고는 역시 뒤주다, 뒤주는 가을에 벼를 추수하여 보관하는 창고다. 곡간에 쥐가 들어오지 못하도록 담을 튼튼히 쌓아도 쥐는 포기하지 않고 뒤주를 찾아 먹이를 확보한다.

쥐를 기다리는 고양이 야옹~ 하면서 이리저리 쥐들의 행적을 좇고 있다. 쥐가 다니는 길목에서 기다리기도 하지만 쥐의 행적을 찾아 길목을 지키고 있다. 야옹 야옹 무섭기도 하지만, 곡식을 축내는 쥐를 잡아주며 가족의 식량을 지켜주는 고마운 고양이다. 고양이는 쥐를 잡아 즉석에서 먹지 않고 쥐와 오랫동안 장난을 치다가 결국은 잡아먹는다. 쥐는 도망가기 위하여 기회를 시시탐탐 노리고 있지만 결국은 죽고 만다.

새벽을 알리는 닭은 아침 햇살과 함께 "꼬끼오~" 하면서 먹이를 향해 마당으로 돌진한다. 물론 곡식 찌꺼기를 주기도 하지만 땅을 파서 벌레를 잡아먹거나 인접한 풀밭에서 풀을 먹는다. 달은 알을 놓으면 꼬끼오 하면서 알을 낳았다고 신호를 한다. 이 때를 놓치지 않고 잽싸게 알을 끄집어내야 맛있게 먹을 수 있다 (물론 닭장 안에서 낳으면 처지가 다르지만). 기회를 놓치면 뱀이 먹어

치운다.

집을 지켜주는 수호신과 같은 뱀, 보통 집안에 능구렁이 뱀 한 마리 정도는 집안을 배회하고 다녔다. 물론 새마을 사업과 더불어 초가에서 기와집으로 바뀌는 과정에 집을 지켜주는 뱀은 자취를 서서히 감추기 시작했다. 뱀은 쥐를 잡아먹기도 하지만 봄에 알에서 깬 병아리를 잡아먹기도 한다.

시골의 마지막 초가를 철거하던 중 자리 잡고 있던 뱀을 쇠스랑을 이용하여 꾹 누르고 있으면 뱀이 몸을 비비 꼬아 쇠스랑 손잡이까지 뱀이 가득했다.

닭장 위에 기르던 토끼, 토끼는 번식력이 아주 높다. 암·수 한 마리가 일 년 남짓하면 수십 마리가 된다. 풀은 주면 주는 대로 다 먹어 치운다. 토끼는 앞니가 자라기 때문에 나무를 잘 갉아 먹는다. 그러니 토끼는 기르는 재미는 있지만, 오줌 등 배설물 냄새가 고약하여 역겨울 정도다. 너무 많이 먹는 단점은 있으나 번식력이 높아 경제에 도움이 될 것 같기도 하지만, 노동에 비해 효용의 가치가 떨어지는 것 같아 오랫동안 사육은 하지 않았다.

우리 가정의 보물은 뭐니 뭐니 해도 집안의 사랑을 독차지하는 동물은 암소다. 송아지를 팔아 학업에 필요한 수업료를 납부하는 유일한 공납금의 원천지이다. 해마다 송아지를 낳아주는 고마움은 이루 말할 수 없다. 송아지 때문에 학업을 무사히 마칠 수 있었다. 또한 농경사회의 논밭을 갈거나 써리는 등 농사에 없어서는 안 될 가축이다. 우리 집 대들보 암소를 이웃집에 하루 빌려주면 이웃집 주인은 품앗이로 하루 이상 노동력을 제공하여야 했다. 여름날 아침이면 풀을 먹이기 위해 들판에 가거나 오후가 되면 동네 친구들과 함께 산에서 소 풀도 먹이고 갖가지 놀이도 하였다.

농경시대의 시골 풍경은 동물농장을 연상케 한다. 우리 집 재산목록 1호인 소와 송아지. 염소와 돼지, 도둑을 지키는 거위, 닭과 병아리, 토끼와 질병을 옮기는 쥐, 쥐를 잡아먹는 고양이 등 다양한 동물이 함께 하는 동물농장의 조화는 풍요로움이 함께한다. 또한 가을이면 풍요를 느낄 수 있는 참새 그리고 봄이면 부를 가져다주는 제비, 가끔 닭을 훔쳐 가는 독수리와 매, 논밭에서 개굴개굴 울어대는 개구리, 가을 하늘을 수놓는 잠자리, 사람의 피를 빨아먹는 모기, 음식의 부패를 촉진시키는 파리와 질병을 옮기는 왕파리. 하루만 살다 죽는 하루살이, 비단의 원료를 제공하는 누에, 지금은 사라져가는 시골의 추억이다.

가을밤을 수놓는 반딧불이는 시골이 아니면 만끽할 수 없는 풍경이다. 사라져가고 느낄 수 없는 아버지와 함께한 추억들이다. 이러한 시골의 냄새를 담아 동물 하나하나에 대하여 기술하고자 한다. 동물뿐만 아니라 사람에게 괴로움을 준 벌레까지도….

파리서식

파리가 기승을 부리는 하절기, 학교에서 수업을 마치고 집으로 오면 "엄마"라는 한마디와 함께 부엌으로 달려간다. 배고픔을 달래기 위해 먹을 것을 찾아가는 것이다. 어머니께서 소쿠리에 보리밥을 담아 놓으셨기 때문이다. 보리밥을 먹기 위해 밥상보를 들춰내면 파리가 나를 반겨 준다. 보리밥 위에 가득 차 있던 파리가 사람에 놀라 잽싸게 도망가는 것이다.

파리가 빨고 간 보리밥이 쉬어 있거나 변질되어 있을 수 있으므로 우선 냄새를 맡은 후, 찬 우물물에 몇 번 헹군 다음 된장과 고추를 이용하여 맛있게 먹는다. 먹기보다는 허기진 배를 채우는 것이다. 파리는 사람이 먹을 수 있는 음식에는 적극적으로 먹이 활동을 한다.

그래서 파리가 서식하는 주 근원지인 재래식 화장실 구더기를 박멸하기 위하여 살충제를 뿌려 보지만 며칠이 지나면 또 구더기가 바글바글한다. 어떤 사람이 오동잎을 화장실에 넣어주면 그 독소로 인해 구더기가 성장하지 못한다고 했지만 그 방법도 실패하였다.

당시 시골집들은 우리 집과 똑같은 구조였다. 재래식 화장실, 외양간, 퇴비장, 닭장, 돼지우리 등 파리가 쉽게 살아갈 수 있는 구조였으며, 담만 넘으면 파리는 이집 저집 다닐 수 있기에 우리 집에서 파리를 박멸하여도 큰 효과를 거둘 수 없다.

결국 오랜 세월 동안 파리와 더불어 살아왔다. 방 천장에는 파리똥이 새까맣게 붙어 있고 잠자는 동안 콧물을 먹기 위해 얼굴에 달라붙어 잠을 이루지 못할 정도로 극성이 대단하였다. 당시 파리를 박멸할 방법은 유일하게 파리채에 의존하였다. 그 외에 다른 방법이 없었다.

파리의 성장단계는 파리가 산란하면 구더기(1령, 2령, 3령), 번데기, 파리로 성장한다. 재래식 화장실에 구더기로 기어다니다가 3령이 지나면 화장실 벽 쪽으로 올라와 번데기가 된 후 파리가 되는 것이다.

파리가 왕성하게 활동하는 여름 구더기가 사라진 화장실에 용변을 보게 되면 똥물이 튀어 올라 엉덩이에 달라붙는 일이 종종 있었다. 어느 날 그 많은 구더기가 번데기가 되기 위해 화장실 벽을 타고 사라진 것이다. 이때 대변을 보게 되면 대변의 무게에 의해 똥물이 튀어 올라오는 것이다.

대변이 떨어지는 시간과 똥물이 튀는 시간을 고려하여 엉덩이를 이리저리 피해 보지만 거의 실패한다. 그래서 다 쓴 노트나 책을 찢어 대변과 함께 떨어뜨리는 방법을 이용하면 가끔은 성공을 한다. 이 방법도 종이 위에 대변이 떨어지면 성공하지만, 대변이 먼저 떨어지면 실패하고 만다.

결국은 구더기가 서식하던 자리에 볏짚을 적당한 크기로 잘라 넣어 똥물이 튀는 근본적 문제를 해결하였다. 이렇게 파리는 음식뿐만 아니라 용변에도 불편을 초래하였다.

그러나 파리가 이 세상에서 사라진다면 어떻게 될까. 사람의 생활 활동에는 지장을 초래하는 해충에 해당되지만. 파리는 벌을 대신하는 일 즉 꽃을 수정하는 일을 할 때는 익충으로 우리 생활에 꼭 필요하다. 또한 음식과 동물의 사체를 분해하여 자연으로 돌아갈 수 있게 하는 역할도 한다.

토끼 사육

　토끼는 번식력이 강하고 질병에 강해 큰 어려움이 없을 것으로 생각하고 닭장 옆에 토끼장을 만들었다. 토끼의 임신 기간은 약 1개월이며 한 번에 5~6마리 새끼를 낳는다. 새끼가 새끼를 낳을 때면 토끼의 숫자가 어마어마하게 불어나 큰 수입을 기대하게 된다. 그 때에 아버지께 요구하여 암, 수 한 마리씩 사육하기 시작했다.

　당시엔 털의 목적으로 앙고라 종을 기르는 사람도 있었지만 고기를 목적으로 토끼를 기르기로 마음먹었다. 식용 토끼로 매매할 때 좋은 가격을 받을 수 있었다. 다른 심성과는 달리 부지런하면 된다고 생각하고 초등학교 학생으로 적합한 토끼 사육을 결심했다. 토끼 사육 꿈에 부풀어 있었다.

　토끼는 초식동물로 들풀이나 곡식 등을 잘 먹는다. 학교를 다녀와 들판을 찾아 풀을 뜯어 주면 너무너무 잘 먹는다. 토끼가 즐겨 먹는 토끼풀을 뜯어다 주는 등 몇 달 동안 정성을 다해 키웠다. 그 결과 토끼는 새끼를 여섯 마리를 낳아 졸지에 식구가 세 배나 늘어난 것이다. 어린 토끼 새끼가 눈을 감은 채 엄마 젖을 찾아 젖을 먹는 모습은 나를 행복하게 하였다. 이 행복이 오랫동안 지속되기 위해 날마다 성장하는 토끼를 보면서 최선을 다해 돌봐주었다.

잠시나마 기쁨과 꿈, 그리고 희망을 가져다주었다. 이런 식으로 토끼가 불어나면 이 마을에서 상당한 부자가 되겠구나 하고 회심의 미소를 띠며 기쁨과 흥분에 차 있었다. 그러나 토끼가 성장함에 따라 먹이에 대한 문제가 생기기 시작하였다. 토끼 한 쌍의 먹이를 공급하는 데도 정신이 없는데 식구가 세 배로 늘어났으니 그 노력 또한 네 배가 되었다. 학교 수업을 마치고 망태기를 들고 들판을 돌아다니면서 아무리 많은 풀을 뜯어 오더라도 하루 이상 유효하지 않았다.

토끼 한 마리가 하루, 몸무게의 10~30%의 먹이를 먹어 치운다고 한다. 식성이 좋은 만큼 배설량도 어마어마했다. 적정한 시간 내에 청소하지 않으면 그 냄새는 악취 중의 악취다.

그런 가운데 어느 날 아침 토끼 몇 마리가 사라졌다. 나중에 알고 보니 토끼는 이빨이 한 달에 0.8~1cm 정도 자라기 때문에 이빨을 관리하기 위하여 나무를 갉아 먹는 것을 알았다. 비좁은 토끼장에서 토끼 8마리가 나무를 갉아먹기 시작한 것이다.

토끼가 갉아 먹은 나무 틈 사이로 다른 짐승이 침입하여 새끼

토끼를 잡아먹은 것이다. 결국은 여름이 지나고 가을이 오는 어느 날 토끼 사육을 포기하게 되었다. 가을과 겨울을 대비한 건초 관리, 자라나는 토끼 이빨에 대한 대책, 늘어나는 토끼 새끼를 위한 토끼장 확장 등에 대한 대책을 세우지 못해 결국은 토끼 사육을 포기하였다. 이와 함께 부자의 꿈도 사라졌다.

토끼에 대한 꿈과 함께.

토끼몰이(사냥)

흰 눈이 내리는 날이면 마을 친구들과 함께 앞산에 올라 토끼몰이를 하였다. 친구들과 일정한 간격을 유지하며 이 산에서 저 산으로 이동하며 토끼가 잘 다니는 길목, 토끼가 지나간 발자국을 찾아가며 이동한다.

흰 눈 위에는 토끼가 지나간 발자국이 선명하게 나타나 있으므로 토끼의 이동 경로를 쉽게 파악할 수 있다. 친구들과 토끼몰이를 하지만 토끼를 잡는다는 것은 거의 불가능하다. 토끼의 이동속도는 사람의 이동속도보다 몇 배나 빠르기 때문이다. 행여 토끼를 발견하면 함성과 함께 토끼몰이를 하지만 놓치고 만다.

이렇게 하얀 눈이 펑펑 내리면 친구들과 함께 모여 노는 그 자체가 즐거움인 것이다. 검정 고무신 나일론 양말에 토끼를 찾아 이리저리 뛰어다니다 보면 발끝이 시려오지만, 친구들과 함께 노는 재미에 쏙 빠져 추위마저 잊어버린다. 긴 겨울 동안 친구들과 토끼몰이를 몇 차례 실시하였으나 한 마리도 잡지 못했다.

앞산을 뒤덮은 새하얀 눈은 서서히 녹아내리면서 토끼몰이는 막을 내렸다. 그러던 어느 날 친구가 토끼 한 마리를 잡아먹었는데 맛이 있다고 이야기하였다. 그다음 날 또 다른 친구가 똑같은 말을 하였다. 사실인지 확인할 수는 없지만 결국은 나만 토끼를 잡지 못한 것이다. 그래서 친구들 몰래 가느다란 철사(삐삐선)로 올가미를 만들어 토끼가 잘 다니는 길목을 선정하여 올가미를 설치해 두었다.

매일 아침 올가미를 설치한 곳을 찾아 주변을 살펴보았으나 토끼는 보이지 않았다. 친구들은 토끼를 잡아 맛있게 먹었다고 이야기하는데 나는 토끼를 구경조차 할 수 없어 친구로부터 놀림감이 된 느낌만 남아있었다. 그래서 지극정성으로 토끼 한 마리를 잡게 해 달라고 마음속으로 빌었다. 그리고 친구에게 자랑하고 싶어 했다.

지성이면 감천이라고 어느 날 올가미 주위를 살피던 중 올가미에 주위에 죽어 있는 토끼를 발견할 수 있었다. 나는 죽은 토끼를 들고 산으로 내려와 친구들에게 죽은 토끼를 주워 왔다고 자초지종 이야기를 하였다. 죽어 있는 토끼를 들고 온 설명을 들은 친구들은 어바리가 토끼를 잡았다고 나를 놀려 댔다.

'아차, 나의 실수구나, 올가미로 잡았다고 하면 나를 우러러 볼 텐데, 현장을 목격한 사람도 없는데, 거짓말을 하면 최고의 존경 대상이 될 수 있었는데 진실을 이야기하여 바보가 되었구나.' 하며 후회하였다.

그러나 나는 아버지나 어머니께 칭찬받고 싶어 사실을 아버지께 말씀드렸다. 이야기를 다 들은 아버지께서는 토끼가 금방 죽었을 때는 내장을 버리고 먹을 수 있지만, 이 토끼는 독이 온몸에 퍼져 있어 사람이 먹을 수 없다고 하시면서 퇴비장에 묻어 거름으로 사용하였다.

아버지께서는 이 토끼는 독극물을 넣은 열매를 먹고 죽었다고 생각하시는 것 같았다. 봄이면 먹이를 찾아 들판으로 야생동물이 내려와 새싹을 먹어 밭농사를 망치기 때문에 토끼가 즐겨 먹는 열매에 미량의 독극물(청산가리)를 넣어 토끼가 열매를 먹을 때 독극물을 함께 먹어 죽도록 한다고 한다. 토끼의 개체 수를 줄여야만 밭농사를 마음 놓고 지을 수 있었다.

참새

참새는 여름에는 들판에 있는 곤충을 잡아먹고 살 수 있지만, 겨울철에는 동네에 모여들어 알곡식을 먹기 위해 노력한다. 겨울철 참새는 초가지붕 또는 짚단을 수북이 쌓아 놓은 짚가리에서 둥지를 틀고 겨울을 난다.

겨울철 참새는 마당에 떨어진 알곡식을 먹기 위하여 나뭇가지 위에서 기회를 엿본다. 사람의 인기척이 없을 때는 마당으로 내려와 마당에 떨어진 알곡식을 먹고 나뭇가지 위로 올라간다.

이때를 노려 나뭇가지 위에 앉아 있는 참새를 잡아가는 사람이 있다. 그 사람이 바로 공기총을 갖고 다니는 포수이다. 포수는 이 집, 저 집을 다니면서 나뭇가지 위에 앉아 있는 참새를 잡는다. 총에 맞은 참새가 땅에 떨어지면 포수는 옆구리에 길게 늘어놓은 새끼줄에 매단다. 참새를 많이 잡을 때는 양 옆구리에 죽은 참새가 주렁주렁 매달려 있다.

참새를 잡는 포수 옆에는 동심에 찬 어린이가 줄줄 따라다닌다. 어린 동심에 나도 어른이 되어 공기총으로 참새를 잡는 멋진 사람이 되어야 하겠다고 나를 비롯한 친구들도 이런 생각을 하면서 포수 옆을 따라다녔다. 포수가 참새를 향해 총을 쏘면 참새 한 마리가 땅에 떨어지기를 기다렸다는 듯이 친구가 참새를 주워 포수에게 갖다준다.

참새를 구워 먹으면 참 고소하고 맛있는데 포수는 정말 부자 중의 부자라고 생각했다 (당시는 참새의 양이 너무 많아 참새에 대한 규제나 단속을 하지는 않았다고 생각한다). 어린 시절 공기총으로 참새를 잡는 모습이 멋져 보였다. 그러나 공기총을 갖는다는 것은 불가능하였다. 그래서 만든 것이 새 고무총이다. Y자형 고무총 끝단에 돌을 넣은 후 고무줄을 잡아당기면 고무줄의 탄성으로 돌이 날아가는 것이다. 참새를 견주어 쏘는 것이 아니라 참새가 날아가는 무리를 향해 고무총을 쏘면 운이 좋은 날은 참새를 잡을 수 있지만, 나뭇가지 위에 앉아 있는 참새를 잡는다는 것은 거의 불가능하다. 그러나 한 번도 고무총으로 참새를 잡은 기억은 없다.

참새를 잡기 위해 참새의 무리를 따라다니며 고무총을 쏘며 뛰어놀던 그 재미가 쏠쏠하다. 가끔은 친구들과 초가지붕이나 짚가리 참새 둥지를 찾아다니면서 친구들과 우정을 나눈 것이 추억에 남는다.

농촌의 풍경이라면 황금들판에 참새 떼가 이리저리 날아다니는 것이 농촌의 풍경과 운치였으나 지금은 참새를 많이 볼 수가 없다.

참새 후치기

벼가 초복, 중복, 말복을 지나면 벼 성장은 멈추고 열매를 맺기 위하여 벼 이삭이 피기 시작하고 벼가 영글기 시작한다. 가을이 되면 벼 이삭이 익어 들녘을 붉게 물들게 한다.

익어가는 벼 이삭을 빨아 먹기 위해 분주히 움직이는 참새는 한두 마리로 이동하는 것이 아니라 무리를 지어 날아다닌다. 이 참새 무리가 논에 앉으며 그 논의 벼 열매는 거의 다 빨아먹어 치운다. 참새 떼가 지나간 그해 농사는 빈 쭉정이만 수확하는 것이다.

그래서 벼 이삭이 영글기 시작하면 허수아비를 설치하여 사람으로 착각하게 하거나 깡통에 줄을 매달아 소리를 내거나 사람의 인기척을 이용하여 참새 떼를 후쳐야 한다. 참새 후치기를 실패하면 그해 먹을 수 있는 식량이 줄어들기 때문에 가을에는 참새와의 전쟁을 치러야 한다.

허수아비의 효력도 며칠 가지 않는다. 영리한 참새는 사람과 허수아비를 구분하여 허수아비가 있어도 벼를 마음껏 먹어 치운다. 그래서 오후가 되면 빈 깡통과 막대기를 들고 들판으로 향한다. 논 어귀에 들어서면서부터 깡통을 탕탕 치면서 워워 하고 인기척을 알린다. 이 소리를 들은 참새는 대부분은 날아가지만 이런 주인의 행동을 아랑곳하지 않고 먹이에 열중하는 참새도 있다.

이때는 논에 설치한 빈 깡통에 줄을 잡아당겨 깡통 소리를 내도록 하면 그제야 비로소 멀리 날아간다. 참새는 음식을 맛본 그 논에는 다시 돌아온다. 그래서 해가 질 때까지 기다려 새를 후쳐야 한다. 결국은 어두움이 내려앉을 때까지 기다렸다 집으로 와야 한다.

참새가 스쳐 간 논에는 벼가 누렇게 익어야 하나 참새가 벼 이삭을 빨아 빈 쭉정이로 변신한다. 그렇게 벼의 이삭이 영그는 몇 주 동안 참새와 전쟁이 이루어진다.

농촌의 멋진 풍경이란 참새 떼가 무리 지어 날아다니면서 가을 들녘이 붉게 물드는 것을 연상할 수 있으나, 참새는 여름에는 농작물을 해치는 벌레를 잡아먹어 익충이나, 가을에는 해충으로 참새 관리를 잘해야만 곡식을 얻을 수 있다. 그러나 현재에는 야생동물보호법에 따르면 참새는 보호대상이라고 한다.

쥐들의 일상생활

"빈대나 벼룩을 잡습니다." 하면서 살충제를 살포하는 아저씨가 동네를 돌면서 크게 외쳐 놓는다. 그렇게 마을을 한 바퀴 돌고 난 뒤에 처음의 길로 접어들면서 "빈대나, 벼룩을 잡습니다."라고 외치면 이 집, 저 집에서 살충제를 뿌려 달라고 요구한다.

살충제 아저씨가 약통을 들고 다니면서 방, 마루, 화장실, 마당 등 구석구석을 돌아다니면서 살충제를 뿌린다. 살충제를 뿌린 날은 피부의 가려움이나 피부 통증을 예방할 수 있어 편안한 밤을 보낼 수 있다.

우리 집에서 서식하는 쥐들은 온 동네를 돌아다닌다. 온 동네가 초가집으로 쥐의 영역이 없어 볏짚을 쌓아 놓은 곳이나, 땔감을 쌓아 놓은 곳, 곡식을 쌓아 놓은 곳 또는 외양간, 화장실, 닭장 등을 왕래하며 즐겁게 놀고 다닌다. 심지어는 사람이 거처하는 방바닥 천장은 물론 주방에도 마음대로 돌아다닌다.

이런 쥐들이 활동하는 가운데 빈대나 벼룩을 옮겨 인체에 해로운 질병에 걸리게 하는 것이다. 그래서 아버지께서는 살충제 아저씨로 하여금 살충제를 치는 것이다. 지금은 초가집에서 기와집으로 현재는 슬래브(양옥)집으로 주택의 환경이 변화하여 출입문만 닫으면 쥐들이 출입할 수 없지만, 그때는 쥐와 함께 더불어 살았다.

한 해 동안 열심히 농사를 지은 곡식을 쥐한테 도둑맞지 않기 위하여 뒤주를 보수하거나 손질하고 쥐구멍을 찾아 양잿물을 섞어 만든 찰흙으로 구멍을 막는다. 그리고 뒤틀어지거나 구멍이 생긴 뒤주 문짝을 보수하여 추수한 벼를 보관한다.

그러나 쥐는 귀신이다. 해마다 뒤주를 보수하지만, 결과는 마찬가지다. 쥐는 곡식을 보관하는 곳을 귀신같이 찾아낸다. 아무리 보수하여도 쥐구멍이 또 발견된다. 측량기사가 측량하듯 정확하게 쥐구멍을 만들어 곡식을 마음껏 먹어치운다. 쥐는 토끼와 같이 이가 자라 땅을 파거나 나무를 갉아 먹는 선수라고 할 수 있다.

이런 해충인 쥐를 잡기 위하여 정부에선 정기적으로 쥐약 놓는 날을 정해 놓고 쥐잡기 운동을 적극 전개하였다. 쥐약을 놓는 날이면 동 마을회관에서 쥐약을 수령하여 쥐약을 놓는다. 쥐는 사람이 게으르지 못하도록 인간에게 자극을 주는 동물임에는 틀림이 없을 것이다. 쥐로부터 곡식을 보호하기 위하여 사람은 더욱더 부지런해지고 각종 아이디어도 많이 창안되었다.

들판에서 사는 들쥐는 들판에 심어놓은 곡식을 먹는 것 외에 여름 장마철에는 쥐구멍으로 인한 논두렁이 무너져 야밤에 온 가족이 총출동하여 논두렁을 보수하는 전쟁을 치르곤 한다. 논두렁에 구멍을 뚫어 놓으면 구멍 사리로 물길이 만들어지고, 많은 물이 흘러갈 수로 구멍이 커져 결국은 논두렁이 떠내려가거나 논두렁이 무너진다.

논두렁이 무너지면 논에 있어야 할 물이 없어 논농사에 커다란 위협이 아닐 수 없다. 그래서 밤에라도 논두렁 보수작업을 완료하여 물을 담아 두어야 한다. 그래야 풍년을 약속할 수 있기 때문이다. 지금은 수리안전답에 논 농지 정리를 하여 이런 염려는 필요 없지만, 당시는 천수답으로 비 올 때 물을 가두지 못하면 농사에 어려움이 있던 때였다.

한번은 홍수로 인해 쥐가 살고 있는 둥지에 물이 들어차기 시작하여 쥐들이 이사를 하게 되었다. 어미 쥐는 제일 앞에 그다음에는 첫째, 둘째… 이렇게 꼬리에 꼬리를 물고 이사 가는 모습이 새삼스러웠다. 이사하는 것인지 아니면 홍수로 인해 떠내려가는 것인지는 몰라도 한 가족이 흩어지지 않으려고 꼬리에 꼬리를 물고 물이 흘러내려 가는 방향으로 떠내려가는 것이 큰 감동을 받았다. 가족은 뭉쳐야 산다.

옛날 속담에 "빈대 잡으려고 초가삼간 다 태운다"라는 말이 있다. 빈대를 잡기 위해 과잉 투자를 하는 것을 빗대어 하는 것이나 빈대에 물린 경험이 있는 사람은 이것을 이해할 것이다. 빈대에 물리면 얼마나 가렵고, 긁고 나면 피 나는 그 고통은 말로 다 표현할 수 없다. 집을 태워서라도 빈대를 잡아야 하는 이유이다.

보리밟기

보리밟기는 보리밭이 겨울 동안 얼면 체적팽창으로 인한 보리가 땅에서 떠 있는 상태로 겨울을 보낸다. 봄이 되면 수분이 공급되지 않아 말라 죽기 때문에 보리를 밟아주면 보리가 땅에 밀착하여 보리가 잘 자란다.

겨울에 얼어 있는 보리를 위하여 학생의 힘을 빌려 꼭꼭 밟아 착근을 도와주어 풍년이 되도록 노력하는 것이다. 겨울방학을 마치고 학교에 등교하면 수업 시간 중에 학교 앞 인근 마을 보리밭에서 보리밟기를 한다. 봄 방학이 시작되기 전까지 하는 것이다.

친구들이 보리 고랑마다 1명 내지 2명이 일렬로 줄을 맞추어 보리 고랑을 따라 천천히 보리를 밟으며 앞으로 향한다. 아직 찬 바람이 솔솔 불면서 고무신 사이로 냉기가 살살 올라오는 그런 2월 초순에서 봄 방학 전까지 보리밟기를 한다.

학교 인근에는 이런 학생을 이용하는 방법도 있지만, 마을에서는 마을 동네 사람끼리 모여 보리밟기도 한다. 그러나 아버지께서는 소를 이용해 쟁기로 보리밭 고랑을 판다. 보리밭 고랑에서 올라온 흙을 보리밭에 골고루 뿌려주면서 보리를 꼭꼭 밟아 보리가 말라 죽지 않도록 한다. 큰 흙덩이가 있으면 고무래로 흙을 잘게 부숴 보리밭에 골고루 뿌려주면서 보리를 밟아준다.

고랑을 파면 물 빠짐을 좋게 하여 우기 때는 습기로 인한 피해를 최소화할 수 있어 좋고, 밭고랑 사이의 부드러운 흙은 보리 뿌리 사이에 뿌려줌으로써 착근의 효과를 100% 보장할 수 있어 좋다. 아버지와 함께한 보리밭 밟기는 아버지의 농사 지혜가 담겨 있었다.

가난했던 시절 아버지께서는 자식들을 위해 보리밥이라도 배불리 먹을 수 있도록 지혜를 발휘하였다. 다른 사람들은 보리밟기만 하지만 아버지께서는 고랑에 흙을 이용하여 착근이 100% 될 수 있도록 힘든 일을 솔선하셨다. 어린 시절 아버지를 따라 고무래로 흙을 부수면서, 아버지를 도와 보리 밟던 모습이 생생하게 되살아난다.

초등학교를 입학하기 전부터 보리밭과는 인연이 깊다. 그래서 보리밟기는 보리가 성장하는 시기에는 보리를 밟으면 보리가 죽는다는 것을 잘 알지 못했다. 보리는 항상 밟아주는 것이 좋은 것으로 생각했던 것이다.

종달새 둥지 찾기

봄 방학을 마친 후 3월 봄바람과 함께 새 학년으로 진학하여 등, 하교하는 길가에는 종달새가 이리저리 날면서 "노고지리 노고지리" 하고 다닌다. 어린 마음에 마을 친구들과 함께 보리밭에 내려앉은 종달새를 잡기 위해 이리저리 뛰어다녔다.

이때 성장단계에 있는 보리를 밟으면 보리가 짓눌려 성장을 멈추거나 보리 마디가 절단되어 결국 보리는 죽는다. 이런 사실을 모르는 우리는 종달새를 잡거나 둥지를 찾기 위해 그 푸른 보리밭을 마음껏 뛰어다녔으니 얼마나 큰 손실이 있었을까 하는 생각이 든다. 아마 보리밟기를 통한 보리의 착근에서 발생되는 이익보다, 자라나는 보리를 무참히 짓밟은 것이 더 큰 손해를 초래했다고 생각된다.

초등학교 2~3학년 시절 보리가 한창 자라고 있을 때 보리밭에서 문둥병 환자가 숨어 있다가 길 가던 학생을 죽여 간을 꺼내 먹으면 문둥병이 낫는다는 뜬소문이 나돌기 시작했다.

이 소리를 들은 후부터 보리밭 논두렁 지름길을 이용하지 아니하고 친구들과 함께 모여 큰길을 우회하여 학교에 다니기 시작했다. 그래서 아침이면 마을 입구에서 선. 후배가 모여 함께 줄지어 학교에 갔으며, 수업이 끝나면 반 친구들과 똘똘 뭉쳐 집으로 왔다. 아무리 가까운 거리에 있는 종달새가 보리밭에 내려앉아도 관심을 두지 않았다.

보리밭을 보호하기 위하여 마을 어른들께서 만들어낸 헛소문인 것 같다. 종달새 둥지를 찾기 위해 보리밭을 이리저리 다니면서 보리를 짓밟는 것을 사전 예방하기 위한 것으로 생각된다. 이때 보리는 아주 귀중한 곡식이다. 쌀이 귀한 시절이라 보리농사가 잘 되어야만 여름을 지낼 수 있기 때문이다. 가을 벼농사를 추수할 때까지는 보리로 연명해야 한다. 그런데 보리마저 흉년이 들면 배고픔을 달래기가 어렵다.

식량이 떨어지면 덜 익은 보리를 추수하여 먹거나, 풋 밀을 삶아 먹어 배고픔을 달랬다. 이 어려운 시기를 보릿고개라 한다. 보리밥이라도 배불리 먹을 수 있는 기대를 하고 보리밟기에 학생은 학교 주변을, 마을 주민들은 마을 주변에서 대대적으로 보리밟기를 하는 것이다.

지금은 우리의 생명을 지켜주던 그 보리밭은 거의 사라지고 사라진 자리에 비닐하우스가 특수 작물 생산 터전으로 변모했다. 종달새가 마음껏 뛰어놀던 보리밭이 사라짐과 같이 종달새도 거의 사라져 가고 있다.

제비

여름에 한국에 오는 철새로 처마 밑에 진흙으로 둥지를 만들어 서식하며 곤충을 잡아먹고 산다. 강남 갔던 제비가 돌아와 집을 지으면 복이 들어온다고 생각하여 길조라고 생각한다.

봄이 오면 제비가 어디서 둥지를 만들까 하고 이 집 처마 밑에 앉아보고 저 집 빨랫줄에 앉아 집을 지을 적당한 위치를 선택한다. 올해도 우리 집에 제비가 집을 지어야 할 텐데 하고 집짓기를 은근히 기다린다. 제비가 집을 지으면 복이 들어올 확률이 높기 때문에 복을 기대하는 것이다.

해마다 제비가 집을 지어도 별다른 복을 기대할 수 없었지만, 내심 올해는 흥부와 놀부처럼 박 씨를 물고 오려나 하고 기대감에 사로잡힌다. 박 씨를 물고 오면 대박인데 마을에서 제일가는 부자가 될 기회라고 생각하고 한 해를 보낸다.

초등학교 저학년 시절 동화에서 나오는 〈흥부와 놀부〉 생각으로 우리 집에서 둥지에 서식하는 제비를 매일 관찰하기 시작하였다. 행여나 다리가 부러져 있으면 약을 발라 주어야지 하고 관찰하였으나 그런 일은 발생하지 않았다. 어떤 때는 다리를 부러트린 후 약을 발라 줄까 등 어린 시절 어리석은 생각을 하였다.

해마다 제비는 우리 집을 찾아왔으며 새끼를 잘 길러 가을이면 멀리 날아갔다. 제비는 귀소 본능이 뛰어나 해마다 우리 집을 찾아오는 손님으로 생각하고 처마 끝에 제비 똥이 떨어져도 크게 불편하게 생각하지 않았다. 비록 올해는 아니지만 내년에는 박씨를 갖다 줄 수 있다는 기대감에 사로잡히곤 하였다.

제비가 둥지를 만들 위치를 결정하면 진흙을 이용해 몇 주 만에 집을 짓고 난 후 알을 낳아 제비 새끼가 탄생한다. 엄마가 벌레를 갖다주면 서로 먹겠다고 치열한 경쟁을 한다. 입을 크게 벌려 배고픔을 알리면 엄마는 순서대로 먹이를 주는 것이다. 배부르게 먹은 제비 새끼는 둥지 바깥을 향하여 배설하면 그 배설물이 마루 위에 떨어진다. 마루 위에 신문지를 깔아 놓으면 며칠 만에 배설물로 가득 찬다. 그러나 불평하지 않고 깨끗이 치운다.

제비는 벼가 익어가는 들판을 날쌔게 비행하면서 곤충을 잡아먹는다. 그 곤충은 벼의 성장을 저해하는 해충이 대부분이다. 제비가 해충을 잡아먹지 않는다면 사람이 농약을 치는 등 다른 대책을 세워야 한다. 그렇지 않으면 풍년을 약속할 수 없다. 제비가 벌레를 잡아먹어 농촌의 일손을 덜어주는 좋은 일 그 자체가 우리 집에 대한 복인 줄 그때는 몰랐다.

가을이면 새끼도 무럭무럭 자라 비행에 익숙해지면 멀리 떠날 준비를 한다. 곤충을 많이 먹어 통실통실 살을 찌워 놓는다. 늦가을이면 멀리 강남으로 떠나기 전에 많은 제비가 빨랫줄 위에서 "그동안 주인님 덕분에 잘 먹고 잘 지내다 갑니다."라고 몇 번이나 인사를 나눈다. 내년에도 돌아오겠다는 약속과 함께 어느 날 훌쩍 떠나고 없다.

지금은 농촌의 현대화로 농약과 비료의 발달로 먹이도 사라지고 또한 현대 건물로 집을 지을 수 있는 서식지가 점점 사라져 제비가 멸종 위기종으로 분류되고 있어 마음이 씁쓸하다.

민물 고기잡이

내가 살고 있는 마을에는 낙동강 지류에 속하는 마을 앞쪽에서 흐르는 하천과 마을 뒤편 들판을 가로질러 흐르는 하천이 있다. 식물을 재배하거나 빨래 등 식생활에 사용하는 중요한 하천이다.

우리 마을 사람이 농사를 위한 농업용수와 빨래를 위한 생활용수로 많이 활용하는 것은 마을 앞에 있는 하천을 주로 많이 사용하였다. 엄마가 빨래할 때면 냇가에서 수영하거나 물장구치며 친구들과 물놀이하던 곳이다.

여름철 장마가 지난 후 깨끗하고 맑은 물이 졸졸 흐를 때면 냇가의 가장자리 수초 주변에 숨어 있는 민물고기를 잡기도 한다. 수초 주변에 많이 서식하고 있는 민물고기는 여름철에는 피라미를 비롯하여 미꾸라지, 메기, 뱀장어, 잉어를 비롯한 이름 모를 민물고기가 많이 서식하고 있어 친구들과 재미 삼아 민물고기를 잡는 곳이다.

　그러나 여름 장마철이 시작되고 번개와 함께 큰비가 내리면 하천에는 황톳빛 색깔의 홍수가 힘차게 흘러간다. 마을 어르신들은 행여나 홍수가 범람하여 마을에 피해가 우려되면 한 분, 두 분 방천으로 모여든다. 홍수로 인한 제방이 무너지거나 범람하는 곳은 없는지 살피고 이에 대한 대책을 수립한다.

　어린 나도 홍수로 인한 물 구경을 위해 방천으로 간다. 소용돌이치며 흘러가는 물 구경과 홍수 속에 생활도구와 호박이 물에 떠내려가는 것을 구경하기도 한다. 떠내려가는 물건을 건지기 위해 냇가로 뛰어들면 사람도 끝장날 것으로 생각되는 어마어마한 물살이 이어진다. 가끔은 아까운 것을 건지기 위해 물에 뛰어들다 목숨을 잃은 사람도 있다고 한다.

　장마로 인한 많은 비가 내리거나 태풍으로 큰 홍수가 있을 때면 읍내를 가로질러 흐르는 낙동강 물 구경을 갈 때가 있다. 직접 목격하지는 않았지만 물 구경을 다녀온 사람에 의하면 가축으로 돼지, 닭, 염소 심지어 소까지 떠내려가는 것을 보았다고 한다. 그만큼 홍수는 삶의 터전을 잃어버리는 원인이 되는 것이다.

　그럼에도 홍수는 사람을 건강하게 살 수 있도록 영양 보충을 위한 민물고기 선물을 준다. 홍수 때 강에서 하천으로 올라온 잉어나 숭어 등 비교적 덩치가 큰 민물고기를 잡기 위해 마을 앞 하천으로 간다. 부슬부슬 내리는 비를 피하기 위하여 머리에는 밀짚모자, 짚으로 만든 도롱이(우의)를 걸치고 대나무로 엮어 만든 통발 가리를 들고 하천으로 간다. 나는 아버지가 잡은 고기를 담을 수 있는 통을 들고 아버지의 동선에 따라 주위를 맴돈다.

가리는 물고기잡이 도구이다. 대나무로 엮어 만든 것으로 밑이 없어 물 따라 이동하는 물고기를 가리로 덮어씌운 후 가리 속에 민물고기를 손으로 잡는 방법이다. 큰물이 지나고 나면 마을 사람 대부분은 민물고기를 잡기 위해 가리를 들고 하천으로 모여든다. 운 좋게 잉어나 숭어를 몇 마리 잡는 날에는 영양을 보충하며 온 가족에게 즐거운 시간을 갖게 해준다.

어느 한 해는 아주 큰 태풍으로 인한 큰 홍수를 맞이하게 되었다. 마을을 보호하던 방천은 무너지고 홍수가 들판을 집어삼키고 있으며, 우리가 살고 있는 마을을 삼키기 위해 마당 입구까지 물이 밀려왔다. 그 넓은 농지는 이미 침수되었으며, 낮은 곳에 위치한 주택도 침수하기 시작하였다. 아마 농경지 침수로 인한 벼 수확은 줄어들어 흉년이 들었을 것이며, 저지대에 사시는 분들은 주택 침수로 인한 고생이 많았을 것으로 생각된다.

이런 태풍이 있었던 후부터 하천의 모습이 빨리 변해가고 있었다. 엄마가 빨래하고 내가 물장구치며 놀던 시냇가는 사라지기 시작하였으며. 수초가 있고 민물고기가 놀던 자리에는 반짝반짝 빛나는 모래가 쌓여 가고 있었다. 홍수로 인해 산에 있는

토사가 떠내려 와 퇴적되기 시작한 것이다. 퇴적의 속도가 빨라
지면서 하천의 바닥은 점점 높아져 갔으며 비가 내리면 홍수로
이어지고 비가 그치면 물이 사라져 건천으로 변했다.

수초의 서식지가 줄어들면서 물고기 서식지도 점점 줄어들었
으며, 결국은 서식지가 사라졌다. 냇물이 졸졸 흐르던 냇가에서
엄마가 빨래하고 나는 물장구치면서 놀던 곳은 온통 모래로 뒤
덮여 졌다. 해가 갈수록 민둥산 상류에서 홍수와 함께 떠내려온
토사가 점점 더 하천에 쌓여 가고 있었다. 하천의 변화는 너무
빠르게 달라지고 있었다.

산림녹화

해가 갈수록 민둥산 상류에서 홍수와 함께 떠내려온 토사가 점점 더 하천에 쌓여만 간다. 지속적인 토사가 퇴적된다면 조그마한 비에도 하천은 범람할 것이다. 이런 토사의 유실을 예방하기 위하여 시작한 것이 산림녹화 사업이다.

산림녹화는 산림을 보존하는 것과 식목행사를 통해 산에 많은 나무를 심는 것이다. 또한 산림을 보존하기 위하여 단속반을 편성하여 불법으로 나무를 채취하지 못하도록 하였으며, 산불 예방에도 힘쓰게 되었다. 산불이 발생하면 마을 청소년을 비롯한 모든 사람이 산불 진화에 동참하였다. 소화도구는 소나무 잔가지를 꺾어 불을 끄는 도구로 사용하였다.

초목이 무성하지 않은 상태라 진화가 어렵지 않았을 뿐만 아니라 화염의 속도가 낮아 산불 진화 중 다치거나 죽은 사람은 없었다. 산에는 나무가 거의 없었으며 가령 나무가 있더라도 주민들이 땔감으로 가져갔기 때문에 산불이 나더라도 연소할 수 있는 가연성 물질이 거의 없었다. 아주 깊은 골짜기의 산이 아니면 산불은 쉽게 조기 진화가 가능하였다.

이때(1960년경)는 산불보다 가정에서 일어나는 화재도 많았다. 나무를 땔감으로 사용하고 있었고 겨울철 짚단 옆에서 추위를 녹이기 위한 불에 의한 화재, 부엌에서 난 화재, 타고 남은 재에서 일어나는 화재 등 가정에서 발생하는 화재가 상당 많았다. 현재와 비교하면 사뭇 다른 전기, 가스, 석유에 비하면 아주 단순하고 가연성 물질도 단순하여 소화에는 큰 힘은 들지 않는 것으로 생각된다.

당시의 겨울철에 초등학교를 등교, 하교하거나 읍내로 이동하던 중 날씨가 추우면 논둑이나 방천 둑 잔디에 불을 놓아 몸을 녹이고 이동하는 사례도 많았다. 그래서 어린 나이에도 성냥을 지니고 다녔다. 산에 나무하러 갈 때도 솔가리를 끌어모아 불을 지피기도 하였다. 이러한 방법으로 언 몸을 녹여야 했다.

나일론으로 만든 양말이나 내의는 내구성은 좋은 반면에 보온성이 낮아 조그마한 추위에도 냉기가 스며든다. 또한 고무신에 나일론 양말은 조금만 걸어도 발바닥에 땀이 차 발이 시려 걸을 수 없다. 그래서 이런 냉기를 쫓기 위하여 불을 피워 몸을 녹일 수 있도록 사회가 배려해 주었다고 생각한다.

산림녹화는 산림단속, 식목행사, 화재예방 외에도 송충이 잡기 등 산림녹화의 목적을 달성하기 위하여 부역제도를 도입, 많은 사람이 산림 가꾸기에 참여하였다.

산림단속

부자의 상징은 장작이다. 겨울철 난방용 땔감으로 장작을 많이 쌓아두면 쌓아둔 양 만큼 부를 상징하는 것이다. 우리 가정은 "겨울철 추위에도 끄떡없는 집이다."라는 표시로 장작을 가득 쌓아두어 부자임을 과시했다. 그래서 몇 년 동안 사용할 수 있는 땔감을 쌓아둔 가정도 많았다.

가을 추수가 끝나고 겨울이 시작되면 일꾼과 함께 우리 소유의 산에서 나무를 벌목하여 장작을 만들어 마당 뒤편에 쌓아둔다. 이 양이 모자라면 깊은 골짜기를 찾아 질 좋은 나무를 벌목해 겨우내 땔감으로 사용했다. 사용할 만큼의 땔감이 아니라 몇 년 동안 사용할 수 있는 양의 장작을 보관하여 부의 상징으로 자랑하였다. 우리도 남들 눈에 잘 띄지 않은 뒷간에 보관하여 사용하였다.

산림이 인간에게 주는 혜택을 모르고 산림을 가꾸지 않았을 것이라고 생각한다. 산이 황폐하면 홍수가 발생하고 홍수 때 토사가 떠내려와 하천을 범람하게 하고 범람한 홍수는 농경지를 침수하여 흉년이 드는 빈곤을 자초하게 된다. 이런 빈곤의 악순환의 고리를 잘라내기 위하여 사방사업과 함께 산림녹화에 힘을 쓴 것 같다.

사방사업이 본격적으로 시행됨과 동시에 산에서 함부로 나무를 할 수 없었다. 만약 산에서 나무를 지게에 지고 내려오다 산림단속반에 들키는 날에는 가혹한 벌을 받아야 한다. 그래서 땔감이 필요하면 산속에서 숨어 지내다가 땅거미가 올라오고 어둠이 내리고 암흑같이 캄캄한 밤을 이용하여 마을로 내려와야 한다. 밥을 짓거나 난방 땔감으로 사용하여 허기와 추위를 피해야 했던 시절이다.

논이나 밭에서 생산된 땔감은 마당 모퉁이에 가득 적재하여 둘 수 있지만 산에서 가져온 나무는 그렇게 할 수 없다. 사람들 눈에 잘 띄지 않은 음달진 곳에 쌓아두어야 한다. 단속반이 수시로 마을을 단속하고 있기 때문에 한꺼번에 많은 양의 나무를 해두면 안 된다. 그래서 산에서 나무를 할 때면 당일 저녁과 다음날 아침에 다 땔 수 있는 양 만큼만 나무를 한다.

그때 단속반도 최소한의 융통성은 있었다고 생각한다. 생활에 필요한 최소한의 먹고 살기 위한 나무를 채취하는 것에 대해서는 운영의 묘를 기한 것으로 생각된다. 겨울철 나무를 땔감으로 사용하면 나무가 지닌 습기에 의해 연기가 많이 발생한다. 그러므로 멀리서도 누구 집에서 어떠한 종류의 땔감으로 사용하고 있는지 금방 알 수가 있다. 그러나 이런 난방이나 취사용에 대한 감시는 하고 있었지만 고발을 당하는 사례는 없었다.

6·25전쟁으로 인한 훼손과 마구잡이식 땔감으로 인하여 울창했던 산림은 거의 사라지고 대부분의 산은 잡초만 무성한 벌거숭이이었다. 특히 마을 인근에 위치한 산은 나무를 구경하기가 쉽지 않았다.

숲이 울창하다면 겨울이 오기 전에 나무를 많이 해 두어 자연건조 한 후 땔감으로 사용하면 화력도 좋아지고 연기의 양도 적게 발생하면 좋을 것이었다.

그러나 현실은 겨울철 난방을 비롯한 취사용 땔감은 그리 여유롭지 않았다. 그래서 마을 대부분의 사람은 땔감은 산에 의존해야만 했다. 산에서 낙엽을 쓸어 오거나 죽은 나뭇가지 나를 가져와야 한다. 낙엽 중에서도 소나무에서 떨어진 솔잎은 부피가 작은 반면에 열량이 많아 선호하는 나무 중 하나다.

겨울이 시작되면 이런 땔감을 마련하기 위해 친구들과 함께 지게를 지고 산으로 간다. 갈고리로 땔감을 끌어모으지만 모든 사람이 한결같이 같은 장소에서 땔감을 마련해야 하니 짧은 시간 내에 만족할 만큼의 땔감을 확보하기 어렵다. 산 능선을 빡빡 끌어도 낙엽은 거의 없다.

그래서 산림단속반의 눈에 띄지 않을 만큼 살아 있는 나무의

곁가지를 자르거나 잎이 싱싱한 소나무 가지를 잘라 땔감을 마련한다. 나와 함께 나무하는 친구는 솔가리를 포함하여 한 지게 가득 땔감을 마련하지만 나는 지게 반 정도가 전부였다.

그나마 논과 밭을 몇 마지기라도 갖고 있는 가정은 논에서 생산되는 볏짚은 소여물로 사용하고 남은 것은 땔감으로 사용할 수 있다, 밭에서는 보리, 밀을 추수하고 남은 보릿짚. 밀짚을 땔감으로 사용하거나 콩, 고추, 깨 등 잡곡을 수확하고 남은 것을 땔감으로 많이 사용하고 있었지만 그렇지 못한 사람은 땔감 구하기에 많은 고생을 하였을 것이다.

그러나 농민에게는 난방용 땔감과 취사용 연료를 공급하기 위하여 초겨울이 시작되면 간벌 대상 산을 선정한 다음 일정한 면적으로 간벌을 한다. 간벌 대상 지역에 있는 나무는 빠짐없이 간벌하고 간벌한 나무를 열(10) 등분 한다. 간벌이 완전히 끝나면 산 주인은 2~30%를 그날 간벌에 참여한 사람은 7~80%의 나무를 가져간다.

이렇게 산에 간벌도 하고 땔감을 마련한다. 간벌한 그 이듬해는 일정한 간격을 유지하여 소나무 등 묘목을 심는다. 이렇게 간벌과 묘목심기, 송충이 잡기가 병행되었다.

송충이는 긴 털이 나 있고 솔잎을 갉아 먹는다. 산림을 보호하기 위하여 소나무에 서식하고 있는 송충이 잡기를 대대적으로 전개하였다. 주말이면 부역을 통해 마을 전체 주민이 빈 깡통과 나무집게를 들고 앞산에서 송충이를 잡았다. 초등학교 시절에는 수업시간에 빈 깡통과 나무집게를 들고 학교 인근 산에서 송충이를 잡는 시간이 가끔 있었다.

송충이가 워낙 많이 달라붙어 있어 송충이 한 깡통은 식은 죽 먹기만큼 쉬웠다. 그만큼 송충이 서식이 많았으니 소나무가 정상적으로 성장하기란 쉽지 않았을 것이다. 송충이 잡다가 실수로 쏘이면 특별한 약이 없을 때라 송충이 잡을 때는 신중해야 한다. 송충이는 바늘 모양의 독침이 나 있다. 이 털에 찔리면 피부의 통증과 염증을 일으킨다. 그래서 손에 닿지 않게 집게로 송충이를 정확하게 잡아야 한다.

또한 식목일을 전후하여 식목행사가 시작되면 학교 인근 야산에서 나무를 심는다. 학교 옆에 위치한 야산에 버드나무를 심을 때 일이다. 나는 나름대로 부지런히 식목하였으나 나보다 훨씬 빨리 끝내는 친구가 있었다. 저 친구는 어떻게 저렇게 빨리 묘목을 심을까 궁금했다. 물론 부지런히 일하기도 하였지만, 돈내기라는 제도가 유행하고 있을 때다.

돈내기란 일정한 양의 묘목(1인당 일정한 00포기를 분배)을 빨리 심는 사람은 빨리 부역을 마치고 집으로 갈 수 있는 제도이다. 날일이라고 하면 하루 8시간(아침부터 해가 질 때까지)이상 일을 하지만 시간을 때우면 되기에 일을 늘어지게 해서 능률이 오르지 않는다.

그래서 모내기할 때도 대표적으로 돈내기 식의 일을 한다. 한 마지기에 모를 심을 때 "돈 00원으로" 한다고 하면 이에 응찰해 모내기하는 것이다. 또한 부역 사업인 산에 나무 심는 이런 일에도 돈내기가 유행하였다. 선배에 의하면 돈내기 식의 부역에 일을 빨리 끝마칠 목적으로 무리하게 노동하여 몸살로 며칠 누워 있었다는 이야기도 들었다. 당시 우리 민족은 능동적이 아닌 피동적으로 움직인 것 같다.

한번은 친구와 부역사업으로 산에 나무를 심을 때 있었던 일이다. 친구와 함께 나무를 심을 수 있는 일정한 거리를 유지한 다음 심을 위치가 확정되면 땅을 파고, 나무를 심은 다음, 발로 꼭꼭 밟은 후 습기를 위해 낙엽을 덮어 주는 순서로 산림십장(반장)이 시키는 것과 똑같은 방법으로 나무를 심었다. 그러나 똑같은 나무를 심었지만 친구가 항상 일찍 끝마칠 때가 많았다.

그 친구가 이제 다 심었으니 집에 가자 하면 집에 함께 갈 생각에 모종을 몇 포기씩 한꺼번에 심을 때도 있었다. 양심을 속여 가며 목표를 달성하고 집에 왔지만 오랫동안 마음 한구석이 찜찜했다. 한 포기의 묘목을 더욱더 정성스럽게 심어야 하는데 아쉬움이 남는다. 오늘도 부역, 내일도 부역, 부역을 빨리 끝내고 뛰어놀 생각에 한 포기의 묘목을 귀중하게 생각하지 못한 것이 시간이 흐른 뒤 못내 마음에 남을 줄 몰랐다.

되살아난 수초

―민물고기가 서식

산에는 풀이 싱싱하게 자라나 소의 먹이가 풍부해지기 시작하였다. 소는 노동력을 제공하는 유일한 동물인 만큼 잘 길러야 했다. 농한기인 여름 방학에는 산에 방목하여 풀을 먹게 하여 소를 살찌게 했으며, 소치는 목동들은 게임을 하며 하루를 즐겁게 보냈다. 초목은 점점 푸르고 녹음이 우거지기 시작하였다. 풀이 자란 곳과 잔디가 자란 곳은 비가 오거나 태풍이 불어도 모래가 거의 떠내려가지 않았다.

본격적인 사방사업의 일환으로 산림단속과 나무 심기, 나무 가꾸기, 겨울철 입산 금지를 통한 산불 예방 등 갖가지 사업이 전개된 몇 년이 지난 후에는 마침내 벌거숭이산이 점점 사라지고 초목이 우거지기 시작하였다.

초목이 우거짐과 함께 하천으로 유입되는 토사의 양은 점점 줄어들었으며, 냇가의 바닥이 서서히 낮아지기 시작했다. 유입되는 양보다 강으로 떠내려가는 유출되는 양이 점점 많아지고 있었다.

　하천 둑 바로 옆에 위치한 논에 물을 대기 위하여 냇가 쪽 수로를 열어 두면 낙차에 의해 냇가에 흐르는 물은 논으로 흘러갔으나, 하천의 모래가 유실되면서 논에 물을 댈 수 있는 수로 아래로 물이 흐르고 있어 논에 물을 댈 수가 없었다. 그래서 맞두레를 이용하여 낮은 곳에 있는 냇물을 높은 곳으로 퍼 올려야 논에 물을 댈 수 있었다.

　이와 함께 건천은 시냇물이 졸졸 흐르는 하천으로 변화하게 되어 자연적으로 수초가 자라기 시작하였으며, 수초 주변에는 물고기가 서식하기 시작했다. 토사의 유출로 냇가가 점점 낮아져 논에 물을 대기 위한 수리 시설의 하나인 보(하천을 가로질러 콘크리트로 둑을 쌓아 흐르는 물을 막아 두는 것)를 설치하게 되었다. 그 물을 이용하여 논에 물을 대거나 여름이면 들판에서 일한 후에 목욕하는 신선한 곳으로 변모했다.

콘크리트 문화

경부고속도로 개통을 전후하여 시골 풍경도 서서히 변모하기 시작하였다. 고속도로 주변 환경 미화 사업이 시작되면서 시멘트가 시골을 파고들며 흙 문화에서 콘크리트 문화로 바뀌어 가고 있었다. 무너져 가는 흙담은 시멘트를 이용한 콘크리트 담으로 변모하고 초가에서 기와로 변해가고 있었다.

즉, 시멘트가 농촌 환경 변화를 주도해 나가기 시작하였으며 농촌 환경 개선에 적극 활용되었다. 어릴 때 살던 집 뒤에는 기와 공장이 있었다. 시멘트를 이용한 기와를 찍어내면 생산과 함께 판매되었다. 이웃 마을에는 시멘트를 이용한 블록 공장도 있었다. 이 공장에서 생산된 블록은 새롭게 집을 짓거나 담을 보수하는 데 사용하였다. 콘크리트에 필요한 질 좋은 모래는 하천 천지에 널려 있어 자유롭게 공급할 수 있었으며, 하천 준설에도 큰 효과를 주었다.

또한 콘크리트 문화는 삶의 질을 높이는 데 크게 기여하였다. 우물을 파면 붕괴하지 않도록 돌을 이용해 축대를 쌓아야 했으나 이를 시멘트가 대신하였다. 콘크리트를 이용해 직경이 큰 흄관을 만들어 우물을 파는 양만큼 집어넣어 우물 붕괴를 사전에 예방하였으며, 안전하고 비용도 절감되어 집집마다 우물을 파기 시작하였다.

동네 공동 우물가에 인접한 몇 집을 제외하고는 집집마다 우물을 가지게 되었다. 아버지께서도 67년도에 마당 옆 부엌 입구에 우물을 파고 하수용 흄관을 이용하여 우물가에서 사용한 오염 물질이 쉽게 흘러 하천으로 갈 수 있게 하였다. 또한 콘크리트를 이용하여 사용된 폐수는 마당으로 스며들지 않고 하수구로 용이하게 흘러갈 수 있도록 하였다. 흙으로는 상상할 수 없는 혁신 중의 혁신이었다.

마을 공동 우물에서 물지게로 물을 퍼 나르거나 어머니께서 양동이로 물을 길어야 했던 것에 비해 부엌 옆 우물이 있으니 노동력 절감 효과는 물론 물을 넉넉히 사용할 수 있었다. 조금만 더워도 마음 놓고 물을 사용할 수 있었고 더위를 식혀 줄 수 있었다. 동네 공동 우물에서 목욕한다는 것은 거의 불가능했지만 대문만 닫으면 마음 놓고 목욕할 수 있었다. 며칠 또는 몇 주에 한 번씩 감던 머리를 매일 감을 수 있어 손과 발, 얼굴을 항상 깨끗하게 유지할 수 있었다.

또, 이 시기에 발달한 비누 사용으로 머리에 쇠똥 냄새는 사라지고 머리에 기어다니던 이도 점점 사라져 갔다. 우물로 인한 위생적인 측면에서 많이 좋아졌다. 빨래하기도 쉬워져 옷도 깨끗하게 입고 다닐 수 있었다. 그러나 겨울철은 여름철에 비해 물을 적극 활용할 수가 없었다.

이참에 아버지께서는 마당에도 콘크리트를 타설하여 콘크리트 마당으로 만들었다. 탈곡하기에도 용이하고 청소하기에도 편리했을 뿐만 아니라 먼지 발생 억제에도 크게 기여하였다. 특히 모래 마당 위에 탈곡할 때는 멍석을 깔아야 했지만 이런 불편함도 해소되었으며, 곡식에 모래가 들어갈 확률도 아주 낮아졌다.

또한 콘크리트에 필요한 모래는 돈을 주고 살 필요가 없었다. 태풍이 불면 하천이 범람하지 않을까 염려했지만 모래가 콘크리트에 사용되면서 하천에 있는 질 좋은 모래는 누구나 사용할 수 있었다. 콘크리트 사용과 병행하여 모래를 적극 사용해 하천 준설 효과도 있었다. 시멘트 이외에는 다른 비용이 발생하지 않아 콘크리트 문화에 빨리 적응할 수 있었다.

콘크리트의 단점도 많이 발생하였다. 대표적인 것은 이웃 간 대화 단절이었다. 나지막한 흙담에 비해 키보다 훨씬 높은 벽돌담을 설치하면서 이웃 간 정보가 단절되기 시작했다. 제사나 차례 후 담 너머로 나누어 먹던 음식 문화도 사라져 갔다. 또한 빈번하게 발생한 도둑을 막기 위한 최선의 방법이었지만, 친구와 덕담을 나눈 후 늦은 밤에 흙담을 넘어 집으로 갈 수 있었던 것과 달리 키보다 훨씬 높은 벽돌담은 넘을 수가 없었다.

환경오염

― 수질 오염

콘크리트 문화에 푹 빠져 있을 때 환경오염에 대한 생각은 아무도 하지 않았다. 그냥 하수구에 버리면 되는 줄로만 알았다. 이 결과 하천은 서서히 오염되기 시작하였다. 자연정화 능력을 초과한 것이다. 생활환경이 윤택해질수록 물속에 떠다니는 부유 물질은 증가하기 시작하였다.

초등학교 시절에 마음 놓고 목욕하고 수초 주변에서 고기를 잡았던 시냇물이 중학교에 입학한 후에는 부유 물질이 서서히 뒤엉키며 둥둥 떠다니기 시작하였다. 그래서 아무리 더운 여름철에도 냇물에서 목욕하지 못하고 집에 있는 우물을 사용하였다. 특히 세숫비누 및 합성세제를 사용하기 시작하면서 냇물이 오염되는 속도가 빨라졌다.

동네 우물을 사용할 때에는 이런 오염을 예방하기 위하여 우물가 주변에 미나리를 심어 자연 친화적인 정화를 추진하였으나, 가정에서는 이런 최소한의 미나리밭을 거치지 않고 오염 물질을 하수구로 마구 흘려보냈으니 하천이 오염되고 냇물은 썩어만 가고 있었다. 우물가 주변에 정화 능력이 뛰어난 미나리를 심어 환경오염을 최소화시킨 조상의 지혜가 엿보였다.

사람의 마음은 이미 냇물에서 떠나버렸다. 냇물은 원래 더럽고 우물물은 깨끗한 물이라고 인식되고 있었으며, 냇물의 정화에 대한 생각은 전혀 하지 못했다. 이와 함께 민물고기는 더러운 물고기라고 생각하여 민물고기 선호도가 서서히 낮아지기 시작하였다. 민물고기로 만든 추어탕을 이웃집과 나누어 먹던 모습도 사라지고 있었다.

사람이 살아가면서 배출한 생활 배수에 의한 수질이 오염되어 가고 있다는 인식보다 원래 하천물은 더러운 물이라고 생각하고 살았다. 이런 하천을 살리기 위한 노력은 누구도 하지 않았다. 노력이라고 하기 이전에 내가 사용하고 있는 물질이 수질에 영향을 줄 수 있다는 사실을 전혀 모르고 살았다.

살충제 아저씨

"벼룩이나 빈대, 이를 잡아드립니다" 하면서 살충제 아저씨가 이 집 저 집 다니며 살충제를 뿌릴 것을 권고한다. 물론 공짜는 아니고 뿌린 양만큼 돈을 지불해야 한다. 살충제 아저씨의 목적은 벼룩이나 빈대를 잡기 위해서다. 주인이 원하면 큰 방이 있는 위채를 비롯하여 사랑채, 퇴비장, 외양간 주변에 하얀 가루를 섞은 물을 골고루 뿌려준다.

빈대나 벼룩에 물린 사람은 살충제 비용이 아깝지 않다는 것을 이해할 수 있을 것이다. 한번 이런 해충에 물리면 이루 말할 수 없는 가려움이 수반된다. 이 해충은 사람의 털이 있는 곳에 서식지를 마련한다. 가려움 때문에 사타구니를 피가 날 정도로 박박 긁어 댄다. 그래서 부모님께서 적당한 시기에 한 번씩 하얀 가루를 뿌려 이런 고통을 사전 예방한다.

살충제 아저씨는 그뿐만 아니라 머리에 서식하는 이를 박멸하기 위해 적당량의 하얀 가루를 머리에 골고루 뿌려주기도 한다. 당시 남자아이는 머리를 빡빡머리로 깎아 이가 거의 없었지만 여자아이는 이뿐만 아니라 서캐가 가득 차 있었다. 이때 살충제 아저씨가 주는 하얀 가루를 머리카락 끝까지 골고루 스며들도록 하면 머리에 있는 이는 사라졌다.

또한 엄마는 희미한 초롱불 아래 딸의 머리에 있는 이를 잡아 죽이거나 참빗으로 빗겨주면 이가 방바닥에 뚝뚝 떨어졌다. 머리에 있는 이는 왼손 엄지와 오른손 엄지손톱을 이용해 죽였다. 또한 머리에 있는 이뿐만 아니라 내의에 달라붙어 있는 이를 잡기 위해 옷을 이리저리 살피며 잡았다.

살충제를 뿌리고 손으로 이를 잡았지만, 시골의 삶 자체가 해충이 서식하기 좋은 환경에 처해 있었다. 외양간을 비롯하여 재래식 화장실, 초가집, 돼지우리, 닭장, 퇴비장 등 근원적으로 해충 해결이 불가능한 상태였다. 그러므로 파리, 모기를 비롯해 일상생활은 해충과 함께였다.

목화를 원료로 만든 옷은 삶아서 이를 박멸할 수 있었지만, 나일론 원사를 이용한 옷은 질기지만 불과 열에 약했다. 그래서 나일론 원사로 만든 옷은 살충제를 사용하거나 일일이 수작업으로 이를 잡을 수밖에 없었다.

이발소의 기억

설이 다가오면 그제야 설빔으로 이발소에서 머리를 깎았다. 이발소 아저씨가 바리캉으로 삭발하면(빡빡머리) 머리카락과 함께 겨우내 잠복한 이가 함께 떨어졌다. 바리캉이 지나가는 자리에는 쇠똥이 가득했다. 또한 바리캉에 의해 머리카락이 뽑혀 참느라 눈물이 고였다. 당시의 바리캉은 품질이 낮아 머리카락을 자르기보다 뽑는 기계였다.

머리를 다 깎고 나면 이발소 아저씨가 머리를 감겨 주었다. 세면장에 엎드려 머리를 쑥 내밀고 있으면 아저씨가 비누를 칠하고 딱딱한 솔로 머리 밑까지 문질러 주어 머리 쇠똥도 벗겨지고 머리가 개운했다. 그때 머리를 감을 때의 개운한 느낌은 아직까지 살아 있다. 그러나 성인이 된 지금 당시처럼 머리를 개운하게 감겨 주는 이발소는 없는 것 같다.

(당시의 이발소 아저씨의 손맛이 그립다. 개운한 느낌을 느껴보고자 이발소를 옮겨 봐도 그때 그 맛이 없다. 돈의 위력.)

당시의 이발은 일석삼조(一石三鳥)의 효과가 있었다. 텁수룩한 머리를 잘라 단정하게 하는 한편, 이가 서식하는 서식처를 없애 버리고, 머리에 눌어붙어 있는 쇠똥도 벗겨 내 청결함을 유지하는 일석삼조의 이발이었다.

체육시간

겨울방학을 마치고 3월 개학을 하면 친구들과 옹기종기 모여 이야기꽃을 피우기도 하지만, 쌀쌀한 봄 아직 추위가 가시지 않은 체육 시간이 시작되었다. 두터운 외투를 벗어 던지고 운동장에 줄을 서서 맨손 체조 준비 운동을 하기 위해 선생님 구령에 맞추어 앞으로 나란히 또는 양팔을 벌려 일정한 간격을 유지할 때, 내 앞에 있는 학생의 등에 이가 엉금엉금 기어가고 있었다.

앞에 있는 친구 등에 이가 기어가는 것을 목격하는 순간 내 가슴에도 이가 기어가는 듯했다. 남이 볼까 봐 재빨리 이를 잡아 땅에 내다 버렸다. 학생 머리에 이가 기어가거나 친구 몸에 이가 있어도 수치스럽다는 생각을 하지 않고 당연하다고 여겼으나, 고학년이 될수록 철이 들어 이에 대한 수치를 느끼게 되었다.

머리에 이가 있다고 친구를 놀리거나 왕따시키는 일은 없었다. 수업시간에 가려움을 해소하고자 머리를 긁거나 몸을 긁어도 수치라고 생각하지 않았다. 반 친구 거의 모두가 이를 지니고 있었기에 당연하다고 생각했다.

이런 일이 있은 다음부터는 체육 시간에 대한 대책을 세워야 했다. 체육 시간이 있는 전날에는 옷을 벗어 최대한 이를 박멸한 후 학교로 등교하였다.

염소 기르기

염소는 성질이 매우 활발하고 행동이 민첩하며 높은 곳에 올라가기를 좋아한다. 나뭇잎을 잘 먹는 식성이므로 관목의 잎을 먹어치워 해를 줄 수 있으므로, 나무가 적은 장소에 많은 수를 방목하면 토지를 황폐화시키는 경우도 있다.

겨울철 염소를 사육하는 것은 마구간 입구에 묶어 두면 소죽을 함께 먹어 염소를 특별히 관리할 필요가 없다. 그러나 봄이 시작되면 염소는 풀을 즐겨 먹기 때문에 다른 대책을 세워야 한다. 새싹이 돋아나는 봄이면 냇가 방천 둑에 말뚝을 박은 다음 고삐(목줄)를 길게 늘어놓으면 말뚝을 중심으로 이리저리 다니며 풀을 뜯어 먹는다.

해가 질 무렵이면 냇가 말뚝을 뽑아 염소를 집으로 데려오면 된다. 염소 고삐를 들고 있으면 스스로 집으로 정확히 찾아온다. 그다음 날에도 어제와 같이 인접한 곳에 방목하면 된다. 그러나 비가 오는 날이나 주인이 깜빡 잊은 날에는 스스로 말뚝을 뽑아 집으로 오는 일이 종종 있다. 만약 말뚝이 깊게 박혀 있으면 방천 둑에서 '엄매' 하고 울고 있으면 주인이 이 소리를 듣고 염소를 데리고 오기도 한다.

염소가 새끼를 낳으면 염소 새끼는 젖을 먹게 되고, 새끼가 젖을 뗄 때가 되면 그때부터 인위적으로 염소의 젖을 짜 사람이 먹는다. 염소의 젖꼭지 아래 그릇을 두고 젖을 짜면 그것은 생우유가 되는 것이다. 이런 우유를 먹기 위해 염소를 사육하는 사례가 많았다. 아마 이때 처음으로 가공하지 않은 생우유를 맛보았다고 생각된다.

벼나 보리의 수확을 늘리기 위하여 농촌에서는 논 경지 정리가 시작되어 풀을 제공하던 습지가 논으로 변화하면서 점점 초지가 사라지고 있어 염소를 마땅히 방목할 장소가 줄어들어 염소 사육이 점점 어려워지고 있었다.

습지나 들판에서 풀베기가 넉넉하면 사정이 다르겠지만, 경지 정리를 통해 생산 녹지가 늘어나는 반면 염소가 먹을 수 있는 초지가 사라져 가고 있어 곡식 생산과 관계없는 공공의 장소인 냇가 방천 둑으로 염소가 몰리기 시작하면서 좁은 장소에 많은 염소 사육으로 인해 방천 둑이 황폐해지기 시작하였다.

냇가의 방천 둑 잔디는 여름철 홍수가 발생하더라도 둑의 붕괴를 예방한다. 그러나 염소가 잔디의 뿌리까지 먹어 치우기 때문에 염소 사육이 힘들어 결국은 염소를 도축하기로 하였다.

아버지께서는 여름철 염소는 풀 냄새가 난다고 하여 가을에 염소를 도축하였다. 염소를 도축하는 방법은 큰 물통에 물을 가득 담은 후 통 속에 염소 머리를 집어넣어 숨을 쉬지 못하도록 질식시켜 숨을 거두게 하였다.

숨을 거둔 염소는 가죽을 벗겨 살코기와 구분하여 고기와 뼈는 가마솥을 이용해 국을 끓여 동네 사람과 나누어 먹었으며, 가죽은 별도의 솥을 이용해 끓여 그 국물을 보약으로 생각하고 엄마를 비롯한 가족이 맛있게 먹었다. 고기보다 가죽을 보약으로 생각했다. 이후에는 염소를 사육하지 않았다.

우리 집 소에 대한 이야기

소는 쟁기를 끌어 논밭을 갈거나 수레를 끄는 노동력을 제공한다. 배설물은 짚과 함께 퇴비를 만드는 데 사용하며, 송아지는 재산을 늘리는 데 크게 기여한다. 소는 가장 오래된 재산의 형태이며, 노동력 제공이 소기의 목적을 달성한 후 우시장에서 판다. 우리 집의 재산목록 1호이다. 농경사회에서 소만큼 귀중한 것은 없다. 자식은 성장하는 과정에서 죽으면 다시 낳을 수 있지만, 농촌의 생계를 책임지고 있는 소가 죽으면 이를 회복하기란 여간 힘든 일이 아니다. 노동력은 거의 소에서 나오기 때문이다.

사람은 몇십 년이 걸리지만, 소는 몇 년 만에 노동력을 제공한다.

우리 집에서는 암소를 한 마리 기르고 있었다. 암소는 논갈이 외에 추수를 도우며 거의 매년 송아지를 낳아 경제적 도움을 주었다. 학교 다니던 시절에는 송아지를 팔아 그 돈으로 학교 수업료를 충당하였다. 만약 암소가 없었다면 우리 형제가 초·중·

고등학교를 무사히 마친다는 것은 어려웠을 것이다.

속담에 "소가 우둔하여 미련한 사람에게 소 같은 놈"이라고 한다. 그러나 소와 교감이 있으면 그렇게 이야기하는 사람은 없을 것이다. 가령 소와 함께 일을 하다가 소가 사람의 발을 밟으면 소는 순식간에 발을 들어 사람의 발을 다치지 않게 한다.

그러나 암소와 황소의 차이가 있다. 암소는 처녀에 가깝지만, 황소는 청년기의 사내아이와 같다. 때론 흉악하고 포악할 때가 가끔 있다. 특히 황소끼리 싸움을 할 때는 정말 난폭하다. 그러나 주인의 말에는 순종하고 복종한다.

어린 시절 소와 함께 지낸 일을 이야기하자면, 우리 집의 소는 약 일 년에 한 번씩 송아지를 낳았다. 소의 임신 기간은 약 십 개월이다. 어미 소가 송아지를 낳은 몇 달 후면 발정을 한다. 발정이 시작되면 식음을 전폐하면서 제2세를 위한 교미에만 집중한다.

발정의 최고점에 도달하면 아버지는 황소를 가진 주인과 사전에 연락을 취하고 배꼽마당으로 끌고 가 교미를 하도록 한다. 교미 모습을 구경하기 위하여 동네 꼬마들이 모여 교미 모습을 지켜보곤 했다. 덩치가 큰 황소가 암소 등에 올라타면 동네가 꺼지는 듯한 충격이 가해지는 것 같았다. 황소는 대략 300~400 *kg*이나 된다. 어린 시절 그렇게 큰 황소가 어떻게 교미할까 하는 궁금증을 해소하기 위하여 교미가 있을 때마다 마당에서 구경하곤 했다.

아버지께서는 교미의 대가로 황소 주인에게 콩 한 말을 갖다 주었다. 암소는 교미가 끝나면 그렇게 울던 모습은 사라지고 얌전한 색시처럼 조용해지지만, 그와 정반대로 황소는 한 일주일 동안 먹이를 거의 먹지 않고 성질이 사나워졌다.

또한 행동이 사나워지고 울음소리가 커졌다. 동물의 본능적인 사랑이 아닌가 한다. 사랑을 나눈 동물이지만 함께 하지 못하고 헤어져 서러워서 그렇게 울부짖는 것이 아닐까 생각한다. 그러나 암소는 성질이 온순하고 먹이도 잘 먹으며 무럭무럭 잘 자라고 살도 찐다.

암소는 송아지를 낳으면서 자란다. 보통은 송아지 2~3마리를 낳은 후가 되면 최고의 몸집을 유지한다. 송아지를 낳으면서 성장하는 것이다. 첫 번째 송아지는 크기가 작아 종자용으로 사용하지 않는다.

산에서 소 먹이기

여름이 시작되면 소의 노동력 제공이 끝나고 휴식을 취하는 기간이다. 여름 방학이 시작되면 휴식을 취하고 있는 소를 위하여 마을 앞에 위치한 일명 앞산으로 소를 몰고 간다.

앞산은 마을에서 약 1km 떨어진 곳으로, 경부선 철도를 가로질러 간다. 사람이 길을 건널 때 기차의 통행 유무를 살피듯이 소도 사람처럼 기차 통행 유무를 살핀 후 철로를 건너 산으로 오르는 것 같다.

철로 안전사고 중 사람에 의한 사고 소식은 가끔 있었지만, 소가 죽거나 다친 사례는 들어본 적이 없다.

마을 소 40~50마리가 줄지어 산에 오른 후 고삐를 소뿔에 감아 두면 소는 스스로 풀이 있는 방향을 정하고 사이좋게 한 방향으로 풀을 먹으면서 이동한다.

소를 먹이는 목동들은 고향 선후배 또는 친구들로 구성되어 있어 서로 편을 갈라 칼싸움 놀이를 하며 지칠 줄 모르고 뛰어

논다. 어떤 때는 콩서리를 해 먹거나 뱀이나 개구리를 잡아 구워 먹기도 하면서 시간을 보내면 어느덧 석양에 붉은 노을이 시작된다.

어둠과 함께 땅거미가 시작되면 소들은 한 장소에서 무리를 지어 주인이 오기를 기다린다. 주인이 다가가면 소는 반가워하면서 목을 이리저리 흔들고, 소 방울 소리가 땡그랑땡그랑 울리며 나를 반겨준다. 뿔에 감긴 고삐를 풀면 선두를 따라 집으로 간다.

가끔은 대열에서 이탈하는 소가 있다. 꾀가 많은 소로서 부지런히 풀을 뜯어 먹기보다 좀 더 편안한 생각으로 콩밭이나 곡식을 심어놓은 밭으로 내려가 남몰래 맛있는 곡식을 배불리 먹고 오는 것이다.

주인이 이를 알면 소를 먹이던 목동들은 혼나기 일쑤다. 또 다른 대열 이탈 사례는 소가 무리를 지어 가는 방향으로 이동하지 않고 풀 따라다른 방향으로 이동하여 무리를 찾지 못하는 경우이다.

즉, 주인 입장에서는 소를 잃어버린 것이다. 이때는 빨리 마을로 내려가 어른께 알리고 청·장년들이 잃어버린 소를 찾으러 산으로 갈 때가 있다. 나는 소를 잃어본 경험은 없지만, 소를 잃어버린 친구의 표정은 이루 말할 수 없다. 소가 없다는 사실을 아는 순간 얼굴이 창백해지고 부모님께 혼날 생각을 하면 저절로 울음보가 터져 엉엉 울면서 내려온다.

가끔은 잃어버린 소를 찾기 위해 이 산 저 산을 헤매다 보면 무리를 이탈한 소가 산으로 왔던 길을 혼자서 내려갈 때도 있다. 어둠을 피해 스스로 집으로 가고 있는 것이다.

소 먹이는 재미도 있지만, 친구들과 산에서 뛰어노는 즐거움이 더 컸다. 무사히 집에 도착하면 배부른 소를 보면서 부모님께서 흐뭇해하시던 모습이 눈에 선하다.

앞산 뒤편에는 조그마한 연못이 있다. 소를 먹이는 동안 수영도 즐기지만, 소를 목욕시켜 집에 가면 피부가 깨끗해진 소를 보면서 아버지께서는 더 좋아하셨던 것 같다.

또한 이때에 나쁜 일을 배우기도 했는데, 그 첫 번째가 담배 피우기였다.

소 임신

우리 마을에서는 상당히 많은 수의 소를 기르고 있다. 그중 몇몇 집에서는 황소를 기르고 있는데, 그 황소는 동네에서 큰일을 한다. 암소의 번식기에는 황소가 꼭 필요하기 때문이다.

암소는 임신을 위한 발정기가 시작되면 식음을 전폐하고, 발정이 시작되었다고 "음무, 음무" 하면서 울어댄다. 아버지께서는 암소를 몰고 마을 한복판에 위치한 배꼽마당으로 간다. 암소가 도착한 후 옆집에서 기르던 큰 황소를 몰고 나오면 황소는 큰 입으로 암소의 발정 사실을 확인하고 교미를 한다.

몇 분 만에 교미는 끝나지만 이를 구경하기 위하여 많은 동네 주민들이 모여든다. 어린 나도 그 큰 소가 어떻게 교미를 할까 궁금했기에 교미가 있을 때마다 구경하곤 했다.

교미가 끝나면 암소는 그 어느 때보다 순하고 얌전하며 먹이도 잘 먹고 처녀처럼 온순해진다. 그러나 반대로 황소는 며칠간 여물을 먹지 않고 큰 소리로 울어대며 성질이 사나워진다. 그래서 아버지께서는 교미의 대가로 황소 주인에게 콩 한 말을 지불한다.

황소의 울음은 암소를 그리워하며 "내가 뿌린 씨앗은 내가 거두어야 한다"는 생각에서 비롯된 것이 아닐까 한다. 황소의 울음소리가 울려 퍼질 때마다 어린 나는 그것을 사랑의 메아리라고 생각하며, 사랑하면서도 헤어져 살아야 한다는 것은 불행이 아닐까 느꼈다. 동물들도 저렇게 사랑하며 살고자 하는구나 하고 생각했다.

암소를 먹이던 동네 사람들에게는 인기가 많았다. 질 좋은 황소로부터 질 좋은 송아지를 얻을 수 있기 때문이다. 그러나 그 황소는 냇가에서 풀을 먹이던 중 뿔로 주인을 공격하여 갈비뼈가 부러지는 사고가 종종 발생하였다. 그래서 황소는 교미 후 완전히 마음이 진정된 후에야 안심하고 소를 먹이는 것이 좋겠다고 생각했다.

그때 이런 생각이 들었다. 사람이 다칠 수 있는 것은 낫이나 작두에 의한 경우도 있지만, 소에 의해서도 있을 수 있다는 것이다.

송아지

　암소는 임신 기간을 끝내면 예쁜 송아지를 출산한다. 송아지는 어미 배 속에서 머리가 먼저 나온 후 몸통, 그리고 발이 나오면 출산이 완료되는 것이다. 출산이 끝나면 송아지를 감쌌던 태(胎)를 어미 소가 단숨에 먹어 치운다. 그리고 갓 태어난 송아지를 혀로 쓰다듬어 주면서 사랑을 느끼면, 태어난 지 몇 분이 지나지 않아 일어서려고 노력한다.

　태어난 지 몇 시간이 지나면 벌떡 일어나 네 발로 걸음마를 할 때도 있다. 갓 태어난 송아지는 정말 예쁘다. 예쁘기보다 가정에 경제적 도움을 줄 수 있어 흐뭇하기도 하다. 송아지를 팔아서 우리 형제들 학교 등록금을 낼 수 있기 때문이다.

　귀여운 송아지는 무럭무럭 자라 젖을 뗀 후 적당한 시기에 우시장에 팔러 간다. 아버지께서는 송아지를 팔러 가는 날 아침 일찍 일어나 맛있는 소죽을 끓여 듬뿍 준다. 어미 소는 송아지와 헤어지고 나면 며칠 동안 소죽을 잘 먹지 않기 때문에 이날 아침이라도 많이 먹을 수 있도록 노력하는 것이다.

나는 아버지와 함께 어미 소를 몰고 우시장으로 가는 이른 아침, 아무것도 모르는 송아지는 입으로 어미 소 젖을 툭툭 치면서 엄마와 함께 장난치며 우시장으로 함께 간다. 우시장에 도착하면 중매인을 통해 적정 가격으로 흥정하고 가격이 형성되면 송아지를 건네주고 어미 소와 함께 집으로 온다.

어미 소만 데리고 집으로 오는 동안 어미 소의 울음소리가 얼마나 애달픈지 모른다. 어린 송아지와 헤어져 언제 만날지 모르기 때문일지 이런 헤어짐 자체가 슬픈 것일 것이다. 그래서 송아지를 팔러 가는 날에는 아버지와 함께 우시장에 여러 번 간 경험이 있다. 아버지께서도 외로움을 달래려고 나를 데리고 우시장에 갔을 것이다.

외양간에 도착한 어미 소는 한동안 송아지를 그리워하며 "음매, 음매" 하면서 울어댄다. 소죽도 먹지 않고 송아지를 그리워한다. 교미가 끝나면 황소가 암소를 그리워하고, 어미 소는 헤어진 송아지를 그리워한다. 동물도 서로 사랑하며 함께 살 수 있다면 좋겠다고 생각했다.

잉여 송아지

보릿고개라 하며 먹고 살기 힘들 때, 남의 집에서 품을 팔아 하루하루 끼니를 해결하면서 살아가는 사람이 다수였던 시기에 소를 갖는다는 것은 생각조차 할 수 없었다. 어떻게 하면 가족을 굶기지 않고 배불리 먹일 것인가 하며 어렵게 살아가던 때였다.

노동력을 제공하는 소를 하루 빌려 가면 소를 빌린 하루 이상 사람의 노동력을 제공(품앗이)해야 하므로, 소를 갖지 못한 농부는 소를 갖는 것이 꿈이었을 것이다.

또한 소가 있다면 소가 제공한 노동력만큼 수입이 발생하므로 경제적 도움이 되기 때문이다. 가난에서 벗어나 부자가 되기 위해서는 반드시 소를 소유하고 있어야 했다. 그래서 소를 갖고 싶어 하는 사람에게 소를 가질 수 있는 제도가 바로 잉여 송아지 제도였다.

이웃집에서 송아지를 낳으면 그 송아지를 데려와 잘 키운 다음, 그 송아지가 어미 소가 되어 송아지를 낳으면 그 어미 소를 원주인에게 돌려주고 송아지를 키워 어미 소가 되도록 하는 것이다.

송아지가 자라서 어미 소가 되기까지 몇 년의 기간이 소요되며, 어미 소가 임신하여 송아지를 출산하고 송아지가 젖을 뗄 때까지 정성을 들여야만 비로소 소를 가지는 주인이 될 수 있는 것이다. 자기 논밭에서 자기가 키운 소를 이용하여 논밭을 갈 수 있는 것이 농부의 꿈이었을 것이다.

모내기

　벼를 못자리에서 키운 뒤 논에 옮겨 심는 것을 모내기라 한다. 이른 봄 모내기 준비를 위해 쟁기로 논을 갈아 둔다. 땅의 힘을 좋게 하기 위해 논을 갈아 놓으면 울퉁불퉁하여 모를 심을 수 없다. 그래서 논에 물을 가득 채운 후 평평하게 하는 작업을 써레질이라 한다.

　써레질은 논의 점토 성분에 따라 시기가 다르다. 점토 성분이 많은 논은 모내기 며칠 전에 하지만, 마사 성분이 많은 논은 미리 하면 흙이 굳어 모를 심을 때 힘이 많이 든다. 그래서 모내기 몇 시간 전에 써레질을 해야 한다.

　소가 없으면 쟁기질이나 써레질을 할 수 없다. 따라서 모내기 준비에 필요한 노동력은 소에서 나오며, 그만큼 의존도가 높다.

　모내기 날에는 아침 일찍 일이 시작된다. 아낙네는 못자리에서 모를 뽑아 논두렁에 올려놓고, 아버지는 소와 함께 써레질을 한다. 할아버지와 할머니는 못줄을 넘기고, 나는 모판을 배분한다. 어머니는 모내기에 참여한 사람들에게 음식을 제공한다.

하루 동안 오전 새참, 점심, 오후 새참, 저녁까지 네 번 음식을 준비해야 한다. 삯꾼이 10명이라면 어머니는 하루 40인분 이상을 책임져야 하고, 가족까지 포함하면 60인분이 넘는다.

모내기가 끝나면 사람은 쉴 수 있지만 소는 그렇지 못하다. 소를 기르지 못하는 집에는 품앗이로 빌려주어야 한다. 아버지는 소의 하루 노동력이 사람 하루와 같다고 생각했지만, 어떤 지역은 두 사람 몫으로 치르기도 했다.

아버지는 소가 지쳐 있으면 막걸리를 한 주전자 먹이곤 했다. 아마 피로회복제 역할을 했을 것이다.

지금은 농기계 발달로 이앙기가 모내기를 대신하고, 경운기와 트랙터가 쟁기질과 써레질을 한다. 못줄에 맞춰 모를 심던 모습, 송아지가 어미 소를 따라다니던 모습, 어머니가 음식을 준비하던 풍경은 사라지고 있다. 지금은 전화 한 통으로 중국집 음식을 배달해 먹기도 한다.

못줄을 넘기는 일은 할아버지와 내가 자주 했다.

당시에는 돈내기와 날일 제도가 있었다. 날일은 하루 일한 만큼 일당을 받는 것이고, 돈내기는 모내기 양에 따라 미리 정한 금액을 받는 방식이었다.

병충해를 막기 위한 농약 살포

　모내기가 끝나면 매일 벼의 성장과 발육 상태를 점검했다. 적당한 일조량과 영양분, 수분 공급이 조화를 이루면 벼가 튼튼하게 잘 자랐지만, 저온 현상이나 일조량 부족, 이상 기온으로 인해 병충해가 발생하기도 했다. 이에 대한 대책으로 농작물이 병과 해충으로 피해를 입지 않도록 농약을 살포했다.

　벼멸구와 이화명충 등 벼에 발생하는 병충해는 적기에 농약을 살포하지 않으면 쌀 생산량이 크게 줄었다. 양질의 거름을 통한 영양 공급, 적당한 햇빛과 수분을 잘 관리해도 주변 환경에 따라 병충해가 발생하면 벼가 병에 걸리거나 해충이 영양분을 빼앗아 정상적으로 성장하지 못했다. 그래서 병을 막기 위한 살균제와 해충을 막기 위한 살충제를 섞어 벼에 골고루 살포했다.

　사람으로 비교하면 좋은 음식을 먹어 충분한 영양분을 섭취해도 몸속 기생충을 관리하지 않으면 영양분을 기생충이 빼앗아 가는 것과 같았다. 구충제를 먹어 기생충을 박멸하지 않으면 건강을 회복할 수 없는 것처럼, 벼도 병충해를 관리해야만 곡식을 얻을 수 있었다.

당시 농약은 가루나 물약을 일정한 비율로 물에 희석해 인력 분무기로 살포했다. 인력 분무기는 약 20리터의 물을 담을 수 있었고, 자중을 합치면 30*kg* 이상이었다. 아버지는 분무기를 짊어지고 오른손으로 레버를 움직여 압축하고 다른 손으로 약대를 잡아 좌우로 선회하며 농약을 살포하셨다.

나는 키와 힘이 부족해 직접 농약을 살포할 수는 없었다. 대신 개울이나 도랑에서 물을 길어 논두렁 위에서 농약을 보충해 드리는 일을 했다. 물을 공급하지 않으면 아버지는 무거운 분무기를 짊어지고 냇가나 개울로 이동해야 했기에, 그 시간을 줄여 드리는 것이 내가 도운 일이었다.

하지를 전후해 모내기를 끝내면 벼는 삼복을 기준으로 성장한다고 했다. 초복은 벼가 한 살을 먹는 시기, 중복은 두 살, 말복은 세 살이라고 했다. 말복이 끝나면 성장은 멈추고 결실을 맺기 위해 꽃이 피고 열매가 맺히며 벼가 황금빛으로 익어갔다. 그래서 삼복 동안에는 병충해 피해를 입지 않아야 했다.

초복 때 농약을 살포하는 것은 비교적 수월했지만, 중복이나 말복 때는 벼가 크게 자라 농약 살포가 힘들었다. 무논에서는 무릎까지 빠진 상태에서 벼 고랑을 헤쳐 나가야 했고, 무더위와 싸우며 25*kg*이나 되는 분무기를 짊어지고 이동해야 했기에 고생이 몇 배나 더했다. 특히 무논을 많이 경작하신 아버지는 누구보다도 고생을 많이 하셨다.

농민들의 어려움을 덜기 위해 농약 기술도 발달했다. ㈜경농은 1957년에 설립되어 1964년 12월 국내 최초로 입제 공장을 준공했다고 한다. 내가 초등학교 2학년일 때였다. 입제 농약은 분무기가 필요 없었고, 비료를 뿌리듯 손으로 살포하면 되었기에 훨씬 간편했다. 그러나 해충에 직접 닿아야 효과가 빠른 만큼 살충력은 떨어졌고, 값이 비싼 것이 단점이었다.

이후 가루 농약이 시중에 유통되기 시작했다. 장대 끝에 삼베로 만든 봉지를 매달고 그 안에 가루 농약을 넣은 뒤 회초리로 봉지를 툭툭 치면 가루가 흩날리며 벼에 살포되었다. 해충에 직접 닿아 살충 효과가 컸다. 하지만 농약을 살포하는 과정에서 미세한 농약이 호흡기로 흡입되어 건강을 해쳤다. 당시에는 농약의 유해성을 알지 못했고, 보호구도 없었다.

1970년대가 시작되면서 농기계가 혁명적으로 발전했다. 경운기를 이용한 고압 분무기는 노동력을 크게 줄였고, 살포 시간도 단축했다. 엔진 분무기는 물약과 가루약 모두 살포할 수 있었고, 인력 분무기에 비해 능률이 10배 이상이었다.

가루약 살포 시에는 비닐호스를 이용했다. 아버지는 논둑에서 엔진 분무기를 작동시키고 나는 호스 끝을 잡았다. 압축된 공기가 일정하게 유지되면 가루 농약이 골고루 살포되었다. 논

바닥을 직접 다니지 않아도 되었기에 효율은 수작업의 20배 이상이었다.

이처럼 농약과 농기계의 발전으로 농약 살포는 점점 쉬워지고 효율적으로 변했다. 입제 제초제가 보급되면서 삼복더위에 김매는 일도 사라졌다. 그러나 농약을 많이 취급하신 아버지는 결국 폐암으로 돌아가셨다. 지금 생각하면 살충력이 뛰어났던 DDT 가루 농약을 많이 다루셨던 것 같다. 벼멸구와 이화명충은 박멸했지만, 건강을 잃으셨다. DDT 농약의 유해성을 일찍 알았다면 하는 아쉬움이 남는다.

제2부

가을 운동회

홍수와 민물고기

비가 내리면 산은 숨을 고르듯 흙을 내어주었다. 빗물에 휩쓸린 모래는 하천으로 흘러내려와 바닥에 차곡차곡 쌓였다. 장마철이나 태풍이 몰아칠 때면 산의 품에 있어야 할 모래가 제방 아래로 몰려들어 냇가의 바닥은 해마다 높아졌다. 그래서 조금만 비가 내려도 제방은 위태롭게 흔들렸고, 정성 들여 키운 벼가 자라는 논은 범람한 물에 잠겨 흉년으로 이어졌다.

마을 사람들은 해마다 제방을 높였다. 흙을 쌓고 돌을 다져 올리며, 홍수에 맞서는 일은 곧 삶을 지키는 일이었다.

홍수와 태풍이 몰려올 때면 잉어와 숭어 같은 큰 민물고기가 냇가를 따라 이동했다. 아이들은 들녘의 호박잎에 고기를 싸서 소죽솥 아궁이에 구워 먹으며 여름의 특별한 맛을 즐겼다.

내가 살던 마을은 낙동강 지류가 앞뒤로 흐르는 곳이었다. 앞쪽 하천은 농업용수와 생활용수로 쓰였는데, 어머니가 빨래하실 때면 나는 냇가에서 친구들과 물장구를 치며 놀았다. 장마가 지난 뒤 맑은 물이 흐르면 수초 사이에 숨어 있는 피라미, 미꾸라지, 메기, 뱀장어, 잉어를 잡으며 여름을 만끽했다.

그러나 큰비가 내리면 하천은 황톳빛으로 물들었다. 소용돌이치는 물살은 무섭게 흘러갔고, 마을 어른들은 제방이 무너지지 않을까 방천으로 모여들었다. 어린 나도 물 구경을 나갔다. 소용돌이에 휩쓸려 떠내려가는 호박과 생활도구는 장관이었지만, 그 물살은 사람의 목숨까지 앗아갈 만큼 두려웠다.

큰 홍수가 나면 읍내를 가로지르는 낙동강 물을 구경하러 가기도 했다. 다녀온 사람들의 말에 따르면 돼지와 닭, 염소, 심지어 소까지 떠내려갔다고 했다. 홍수는 삶의 터전을 무너뜨리는 재앙이었다.

하천의 변화

논은 이미 침수되었고, 낮은 곳에 자리한 집들도 물에 잠기기 시작했다. 농경지가 물에 잠기면 벼 수확은 줄어 흉년으로 이어졌을 것이며, 저지대에 사는 사람들은 집이 침수되어 큰 고생을 겪었다.

그 태풍이 지나간 뒤로 하천의 모습은 빠르게 변해갔다. 어머니가 빨래하시고 내가 물장구치며 놀던 시냇가는 점점 사라졌다. 수초가 무성하고 민물고기가 뛰놀던 자리는 반짝이는 모래로 덮여 갔다. 산에서 떠내려온 토사가 홍수와 함께 퇴적되기 시작한 것이다. 퇴적의 속도는 빨랐고, 하천의 바닥은 점점 높아졌다. 비가 내리면 곧 홍수로 이어졌고, 비가 그치면 물은 사라져 건천으로 변했다.

수초의 서식지가 줄어들면서 물고기의 터전도 함께 사라졌다. 졸졸 흐르던 냇물, 어머니가 빨래하시던 자리, 내가 물장구치며 놀던 곳은 어느새 모래로 뒤덮여 반짝반짝 빛나는 황량한 풍경으로 바뀌었다. 해가 갈수록 민둥산에서 떠내려온 토사가 하천을 메워갔고, 그 변화는 너무도 빠르게 진행되었다.

어린 시절의 추억이 깃든 냇가는 더 이상 예전의 모습이 아니었다. 물소리 대신 모래가 쌓이는 소리만 남았고, 생명이 뛰놀던 자리에는 고요한 침묵만이 자리했다. 자연은 그렇게 우리 곁에서 조금씩, 그러나 거침없이 변해가고 있었다.

홍수가 남긴 추억

그러나 홍수는 때로 선물이 되기도 했다. 강에서 하천으로 올라온 잉어나 숭어 같은 큰 민물고기를 잡을 수 있었다. 비가 부슬부슬 내리던 날, 아버지는 밀짚모자를 쓰고 짚으로 만든 도롱이를 걸치셨다. 대나무로 엮은 통발 '가리'를 들고 하천으로 나가셨고, 나는 아버지가 잡은 고기를 담을 통을 들고 곁을 맴돌았다.

가리는 밑이 없는 대나무 통발이었다. 물 따라 이동하는 고기를 덮어씌운 뒤 손으로 잡는 방식이었다. 큰물이 지나고 나면 마을 사람들은 모두 가리를 들고 하천으로 모여들었다. 운 좋게 잉어나 숭어를 잡으면 온 가족이 함께 요리해 먹으며 즐거운 시간을 나누었다.

어느 해에는 큰 태풍으로 방천이 무너지고 홍수가 들판을 삼키며 마당 입구까지 밀려왔다. 물결이 집을 삼킬 듯 밀려오던 그날의 두려움은 아직도 생생하다. 그러나 그 두려움 속에서도 아버지와 함께 잡은 민물고기의 기억은 내 마음에 따뜻한 추억으로 남아있다.

황폐해진 땅을 다시 푸르게

해가 갈수록 민둥산의 상류에서는 홍수와 함께 토사가 떠내려와 하천 바닥에 쌓여 갔다. 작은 비에도 범람할 위험이 커졌고, 마을 사람들은 늘 불안에 떨었다. 이 토사의 유실을 막기 위해 시작된 것이 바로 사방사업이었다. 1965년 치산 7개년 계획이 수립되면서, 산림녹화라는 이름으로 산을 되살리는 일이 본격적으로 시작되었다.

산림녹화는 단순히 나무를 심는 일에 그치지 않았다. 산을 보존하기 위해 식목행사를 열었고, 불법으로 나무를 베어내지 못하도록 단속반을 편성했다. 산불 예방에도 온 마을이 힘을 모았다. 불이 나면 청소년부터 어른까지 모두 산불 진화에 나섰다. 소화도구라야 소나무 가지를 꺾어 만든 것이었지만, 그 작은 도구로도 불길을 껐다.

그 시절 산에는 나무가 거의 없었다. 나무가 있다 해도 잎이 떨어지면 주민들이 땔감으로 가져갔기에 산불이 나도 탈 만한 것이 많지 않았다. 그래서 깊은 골짜기가 아니면 산불은 쉽게 진압할 수 있었다.

산불보다 더 잦았던 것은 가정에서 일어난 화재였다. 겨울철 짚단 옆에서 불을 지피다 불이 옮겨붙거나, 부엌에서 불이 번지거나, 타고 남은 재에서 불씨가 살아나 집을 태우는 일이 많았다. 지금처럼 전기나 가스, 석유를 쓰던 시대가 아니었기에 불은 단순했고, 가연성 물질도 단순했다. 그래서 불을 끄는 일도 지금보다 훨씬 단순했다.

겨울철, 초등학교를 오가거나 읍내로 가는 길에 날씨가 추우면 논둑이나 방천 둑의 잔디에 불을 놓아 몸을 녹였다. 어린 나이에도 성냥을 늘 지니고 다녔고, 산에 나무하러 갈 때는 솔가리를 모아 불을 지피며 언 몸을 녹였다. 그것이 그 시절의 난방이었다.

나일론으로 만든 양말이나 내의는 내구성은 좋았지만, 보온성이 낮아 조금만 추워도 냉기가 스며들었다. 고무신에 나일론 양말을 신고 걸으면 발바닥에 땀이 차고 곧바로 시려왔다. 그래서 불을 피워 몸을 녹이는 일은 사회가 우리에게 허락한 작은 배려처럼 느껴졌다.

산림녹화를 위해서는 나무를 심는 일뿐 아니라 산림단속, 화재 예방, 송충이 잡기 같은 일도 함께 이루어졌다. 마을 사람들은 부역제도를 통해 산림 가꾸기에 참여했다. 모두가 힘을 모아 산을 되살리고, 황폐해진 땅을 다시 푸르게 만들었다.

그 시절의 산림녹화는 단순한 사업이 아니었다. 그것은 삶을 지키기 위한 몸부림이었고, 황폐한 산을 다시 푸르게 만들려는 공동체의 약속이었다. 나무 한 그루, 흙 한 줌 속에는 마을 사람들의 땀과 희망이 깃들어 있었다.

새참 심부름을 하면 들리는 마음속 울림

들녘에서 농사일하시는 아버지와 일꾼들을 위해 나는 자주 새참 심부름을 했다. 새참은 아침과 점심 사이, 점심과 저녁 사이에 드시는 음식이었다. 여름철에는 감자, 가을철에는 고구마, 날씨가 춥거나 비가 오는 날에는 국수나 수제비가 준비되었고, 막걸리 한 주전자가 곁들여지면 그것으로 충분했다.

오늘도 어머니께서 건네주신 음식과 빈 주전자를 들고 마을 모퉁이를 돌아 윗동네 막걸리 가게로 달려가야 했다. 그러나 그 길은 언제나 긴장되는 길이었다. 마을 모퉁이 앞에는 거위 두 마리가 골목을 지키고 있었기 때문이다. 거위는 긴 부리를 줄줄 끌며 꽥꽥 소리를 내고, 전투태세를 갖춘 듯 골목길을 막아섰다.

한번은 거위가 마당에서 한가롭게 노는 것을 확인하고 잽싸게 그 집 대문 앞을 지나갔는데, 어느새 달려와 꽥 소리를 내며 내 엉덩이를 물었다. 막걸리 가게에 갈 때마다 거위와 맞서야 했고, 어린 나를 도둑쯤으로 여겼던 그 거위는 집을 지키는 충직한 동물이었지만, 내겐 심부름 길의 큰 고통이었다.

겨우 막걸리 가게에 도착하면 주인아주머니가 큰 독에 가득 채워둔 막걸리를 한 되 퍼서 주전자에 담아 주셨다. 그 작은 가게는 동네 사람들이 술을 살 수 있는 유일한 곳이었고, 크고 작은 행사에 필요한 술은 모두 그곳을 통해 마련되었다.

거위에게 엉덩이를 물리는 우여곡절 끝에 막걸리를 담은 주전자를 들고 아버지가 계신 논으로 향했다. 저 멀리 밭에서 일하고 계시는 아버지를 보고 "아버지, 새참 가지고 왔어요!" 하고 외치면, 아버지는 알았다 하시며 일손을 멈추고 일꾼들과 함께 논 어귀로 나오셨다.

어머니가 정성껏 준비한 음식과 막걸리 한 잔을 드시는 아버지의 모습은 내게 큰 보람을 주었다. 새참 심부름은 단순한 일이 아니었다. 그 속에는 가족의 사랑과 노동의 따뜻한 풍경이 담겨 있었다. 거위에게 물린 아픔도 잊고 빈 주전자와 그릇을 들고 집으로 돌아오는 길은 즐겁고 행복했다. 흥겨운 콧노래가 절로 흘러나왔다.

다만 아쉬움이 있다면, 아버지는 칭찬을 잘 하지 않으셨다는 것이다. "아들아, 새참 가지고 오느라 고생했다"라는 말을 듣고 싶었지만 끝내 들을 수 없었다. 그러나 지금은 안다. 아버지는 표현하지 않으셨을 뿐, 마음속에서는 언제나 아들을 사랑하고 계셨다는 것을.

저 하늘에 계신 아버지께 오늘도 속삭인다.

"아버지, 사랑합니다."

거위알

　초등학교 저학년 시절, 우리 집에는 거위 암수 한 쌍이 있었다. 두 마리 거위는 언제나 함께 다니며 대문 앞을 서성이며 골목을 지켰다. 골목을 지나는 사람 중 어른이나 청년이 나타나면 마당 안쪽으로 달려들었고, 어린아이가 지나가면 긴 부리를 줄줄 끌며 꽥꽥 소리를 내며 위협했다.

　학교 수업을 마치고 돌아온 동생들은 거위가 무서워 집에 들어오지 못하고 바깥 배꼽마당을 빙빙 돌며 서성였다. 어머니나 내가 나타나야 비로소 함께 집으로 들어올 수 있었다. 거위는 주인을 알아보고 반갑게 인사한 것이었겠지만, 어린 동생들에게는 두려움의 존재였다.

　거위는 도둑을 막아내며 무럭무럭 자랐고, 어느 날부터 알을 낳기 시작했다. 거위알은 계란보다 두세 배 크고, 한동안 거의 매일 알을 낳았다. 할아버지는 그 귀한 알을 짚으로 묶어 보자기에 싸서 역까지 걸어가 열차를 타고 삼촌 댁에 가져다 주셨다.

건강이 좋지 않은 삼촌을 위해 보약처럼 드리려 했다. 알이 남으면 시장에 내다 팔아 생활비에 보태기도 했다.

계란조차 귀하던 시절, 거위알을 먹는다는 것은 상상조차 하기 어려운 일이었다. 가끔 어머니께서 거위알로 찜을 만들어 할아버지 밥상에 올리면, 형을 비롯한 손자들의 시선은 그릇 위에 고정되었다. 할아버지가 한 숟가락 남기면 먼저 형이 먹고, 그다음에야 내가 맛볼 수 있었다. 형이 다 먹어버리면 내 차례는 끝이었다.

나는 속으로 늘 바랐다. 삼촌 댁에 가져다주지 말고, 시장에 팔지 말고, 우리 가족의 반찬으로 만들어 마음껏 먹어보면 얼마나 좋을까 하고. 거위를 잘 키우기 위해 개구리를 잡아주고 벌레를 잡아주었는데, 정작 알을 마음껏 먹을 수 없다는 사실이 서운했다. 거위알은 참으로 맛있고 구수했지만, 내 기억 속에서 그 맛은 늘 아쉬움과 함께 남아있다.

도둑이 많던 시절, 거위는 집을 지켜 재산을 보호했고, 거위알은 귀한 식품으로 계란보다 몇 배나 높은 값을 받을 수 있었다. 집을 지켜준 거위, 그리고 귀한 알을 낳아주던 거위에게 지금도 고마운 마음이 든다. 내 어린 시절의 기억 속에서 거위알은 단순한 음식이 아니었다. 그것은 가족의 사랑, 삶의 고단함, 그리고 작은 아쉬움이 함께 담긴 추억이었다.

아버지의 정성과 효도

―너구리

　회갑잔치를 치른 다음 해, 어느 날 갑자기 할아버지께서 중풍으로 쓰러지셨다. 며칠 동안 누워만 계셨고 말문을 닫으신 채 원인 모를 병에 온 가족은 슬픔에 잠겼다. 읍내에 의원은 있었지만, 병원에 입원한다는 것은 상상조차 할 수 없던 시절이었다.

　의사 선생님께 왕진을 부탁드려 응급처치를 받으신 후 며칠이 지나자 조금씩 의식이 돌아오기 시작했다. 그것은 기적 같았다. 그러나 말은 어눌했고 행동은 부자연스러웠다. 몸의 중심을 잃어 자유롭게 걸을 수 없으셨기에 방에 누워 지내야 했다.

　누워 계시면서부터 의식주를 스스로 해결하기 어려웠다. 특히 가장 기본적인 욕구인 배설조차 스스로 할 수 없으셨기에 간병하는 이들의 고생은 이루 말할 수 없었다. 지금처럼 기저귀가 있는 것도 아니고 질 좋은 화장지가 있던 때도 아니었다. 삼촌들은 손님처럼 하루 이틀 머물다 가셨기에, 간병의 무게는 온전히 아버지와 어머니의 몫이었다.

아버지는 할아버지의 쾌유를 위해 온 힘을 다하셨다. 리어카 바닥에 방석을 깔고 나와 함께 할아버지를 모시고 읍내까지 가서 정기적으로 진료를 받았다. 당시 운반수단이라야 자전거와 리어카뿐이었다. 리어카가 막 농사용으로 보급되던 시기라 그나마 다행이었다. 없었다면 지게에 할아버지를 모셔야 했을 것이다.

정기적인 진료 외에도 민간요법이 동원되었다. 병문안을 온 이들이 한마디씩 조언을 남겼고, 아버지는 그 말씀을 따라 인진쑥을 달여 드리기도 하고, 겨울이면 제방에서 잔디 뿌리를 캐어 단술을 만들어 드리기도 했다. 꽁꽁 언 손발을 녹이며 아버지와 함께 방천을 헤매던 기억은 지금도 선명하다.

너구리가 몸에 좋다는 말에 너구리를 잡으려 애쓰기도 했다. 굴 입구에 모닥불을 피워 연기를 불어넣으면 반대편으로 도망친다 했지만, 그 빠른 속도를 따라잡을 수는 없었다. 결국 잡지 못했지만, 그 과정에서 "연기가 심한 곳에 있으면 너구리를 잡는다"는 속담이 생겨났다는 이야기를 들었다.

또 다른 처방으로는 지네를 한약방에서 구입해 조약으로 쓰기도 했다. 그렇게 정성을 다한 끝에 한 해, 두 해가 지나며 할아버지의 건강은 조금씩 회복되었다. 한 손으로 밥을 드시고, 조금씩 걸음을 옮기실 수 있게 되었다. 세월이 세 해쯤 흐른 뒤에는 남의 도움 없이도 걸어 다니실 수 있었다.

마을 어르신의 권유로 개소주도 내렸다. 큰 가마솥에 개고기를 올려 은근한 불로 밤새 고아내면 영양분이 채반 아래로 떨어졌다. 그것을 병에 담아 오래 두고 드셨다. 불꽃이 강하면 품질이 떨어지기에 은근한 불을 밤새워 지켜야 했다. 아버지는 불과 씨름하며 정성을 다해 개소주를 내리셨다.

그렇게 아버지의 지극한 정성과 효심 덕분에 할아버지는 건강을 많이 회복하셨다. 내 나이 스무 살이 되던 늦가을, 중풍으로 고생하신 지 10년을 더 사시다가 세상을 떠나셨다. 아버지의 효도와 정성은 지금도 눈앞에 선하다.

꿩과 씨앗의 기억
―메주콩이 중요하다

봄이 되면 파종 시기에 따라 갖가지 콩을 심는다. 메주콩을 비롯하여 계절별로 수확이 가능한 완두콩, 땅콩 등 여러 가지 콩 종류와 감자와 고구마를 심어 무럭무럭 자라나기를 기다린다. 그러나 밭 주변에서 서식하고 있는 각종 새는 이때를 기다리고 있다. 주인이 파종하면 새들은 먹이 활동을 활발히 한다. 즉 사람이 심은 씨앗을 새들이 파먹는 것이다. 그러면 한 해 농사는 수확할 수 없으므로 씨앗을 지키는 것이 아버지의 최대 숙제다.

특히 앞산 자락에 있는 콩밭은 메주를 위한 메주콩을 심는 밭으로 밭농사가 잘되어야만 메주를 많이 담아 맛있는 간장과 된장을 먹을 수 있다. 그러나 이런 씨앗을 전문적으로 캐 먹는 새들이 산에서 자주 내려온다. 씨앗을 좋아하는 꿩은 파종한 위치를 정확하게 찾아 씨앗을 먹어 치운다.

그래서 아버지께서는 콩을 파종하기 전에 우선 불에 타고 남은 재에 묻어 두었다가 파종한다. 이 방법에 성공하지 못하면 어떠한 약물을 희석한 물에 담근 후 파종을 한다. 새가 씨앗을 먹지 못하도록 약물요법을 사용하는 것 같았다. 씨앗을 파종한 며칠 후 발육 상태를 확인하기 위하여 밭으로 가면 싹이 올라오지 않은 곳이 있다. 새가 씨앗을 먹은 곳이나 씨가 말라 죽은 곳이 있다. 이곳에 다시 파종한다.

1960년대 농촌에서 메주콩은 단순한 곡식이 아니라 삶을 이어가는 필수 자원이었다. 메주콩 밭을 지키기 위해, 종자를 보호하기 위해 노력하신 아버지. 메주콩을 확보하면 된장과 간장을 먹을 수 있었고, 메주콩을 확보하지 못하면 소금에 의존해야 했던 그 시절. 단백질을 얻기 위해 콩은 없어서는 안 될 귀한 작물이었고, 씨앗을 지키는 일은 농부의 가장 큰 과제였다. 그럼에도 그 밭은 1960년대 후반에 접어들면서 누에치기와 함께 뽕밭으로 변하였다. 그렇게 우여곡절이 많았던 메주콩 밭은 역사의 뒤안길로 사라졌다.

거머리의 기억

무논에는 수많은 거머리가 서식했다. 맨발로 모내기를 하던 사람들의 발에 수십 마리가 달라붙어 피를 빨아먹곤 했다. 그러나 거머리에게 물려도 통증은 없었다. 침샘에서 항응고제이자 마취 성분인 히루딘을 분비해 국소마취를 일으켰기 때문이다. 그래서 거머리가 붙어 있어도 눈으로 확인하기 전까지는 알지 못했다.

아버지가 경작하시던 논은 무논이 많았다. 할아버지는 가뭄에도 벼를 재배할 수 있는 무논을 선호하셨다. 수리시설이 없던 시절, 무논은 배고픔을 막아주는 값진 유산이었다. 그러나 무논은 푹푹 빠지는 흙 때문에 노동력이 몇 배나 더 들었다. 소로 논을 갈고, 써레질하고, 모를 심고, 김을 매고, 농약을 치고, 볏단을 운반하는 모든 과정이 마른논보다 훨씬 힘들었다.

아버지는 그 무논에서 묵묵히 일하셨다. 허벅지까지 빠지는 논에서 힘든 내색 없이 김을 매시던 모습, 새참을 드시며 잠시 웃음을 지으시던 모습은 지금도 눈에 선하다. 그래서인지 내가 결혼한 뒤에도 고향에 가서 새참을 준비할 때면 아버지를 떠올리곤 했다.

초등학교 시절, 농촌 일손 돕기 기간에는 등교를 며칠 쉬고 모내기와 추수철에 아버지를 도왔다. 모판을 정리하고 모를 분배하며 아버지와 함께 논에 서 있던 기억은 내게 아버지를 더욱 존경하게 만든 계기였다.

농번기가 시작되면 아버지는 무논을 갈고 써레질을 했다. 며칠이 지나 논 위에 맑은 물이 고이면 그 사이로 거머리들이 떼를 지어 헤엄치는 모습을 볼 수 있었다. 모내기가 시작되면 논두렁까지 이동하기도 어려워, 새참을 먹을 때까지 계속 논 안에서 모를 심어야 했다. 그때 논두렁에 앉아 새참을 먹으려 하면 내 장단지와 발등에 거머리가 붙어 피를 빨고 있는 것을 발견하곤 했다. 아버지와 일꾼들의 다리에도 거머리가 붙어 있었다.

거머리는 쉽게 떨어지지 않았다. 힘껏 잡아당겨야만 떨어졌고, 떼어내면 피가 한참 동안 흘렀다. 어린 시절에는 거머리에 물려 울기도 했지만, 나이가 들수록 두려움은 사라졌다. 아버지도 무논을 경작하며 많은 피를 거머리에게 내어주셨을 것이다.

그때는 긴 바지가 없어 맨발로 논에 들어갔고, 그것이 최선의 보호구였다. 지금 생각하면 긴 바지만 입어도 거머리에 물리지 않았을 텐데 하는 아쉬움이 남는다.

동의보감에는 거머리를 이용해 종기를 치료한다고 기록되어 있다. 그래서인지 어린 시절 거머리에 물린 이후 지금까지 종기를 앓은 적은 없다. 그러나 이제 농약과 화학비료로 농촌 환경이 변하면서 논에서 거머리를 찾아볼 수 없게 되었다. 내 피를 빨아먹던 거머리가 얄밉기도 했지만, 그 또한 농촌의 풍경이었고, 사라진 추억의 한 조각이 되었다.

염소의 기억

염소는 성질이 활발하고 행동이 민첩하며 높은 곳에 오르기를 좋아한다. 나뭇잎을 잘 먹는 식성이어서 관목의 잎을 갉아먹어 해를 끼치기도 한다. 그래서 나무가 적은 장소에 많은 수를 방목하면 토지가 황폐해지기도 한다.

겨울철에는 염소를 마구간 입구에 묶어 두면 소죽을 함께 먹었기에 특별한 관리가 필요하지 않았다. 그러나 봄이 되면 상황은 달라졌다. 새싹이 돋아나는 계절, 염소는 풀을 즐겨 먹었기에 냇가 방천 둑에 말뚝을 박고 고삐를 길게 늘어놓아 방목했다. 해가 질 무렵이면 염소는 스스로 집을 찾아왔다. 주인이 잊은 날에도 말뚝을 뽑아 집으로 돌아오곤 했다. 말뚝이 깊게 박혀 있으면 방천 둑에서 "엄매" 하고 울며 주인을 기다렸다.

염소가 새끼를 낳으면 젖을 먹이다가, 새끼가 젖을 뗄 무렵부터는 사람이 젖을 짜 먹었다. 그릇을 두고 젖을 짜면 가공되지 않은 생우유가 되었고, 그것은 농촌에서 귀한 영양식이었다. 아마 그때 처음으로 나는 생우유의 맛을 알았던 것 같다.

그러나 농촌의 풍경은 변해갔다. 벼와 보리의 수확을 늘리기 위해 논경지 정리가 시작되면서 습지가 논으로 바뀌었고, 염소를 방목할 초지는 점점 사라졌다. 결국 염소들은 냇가 방천 둑으로 몰렸고, 좁은 장소에 많은 염소가 풀을 뜯어 먹으면서 둑은 황폐해졌다. 방천 둑의 잔디는 여름철 홍수를 막아주는 역할을 했지만, 염소가 뿌리까지 먹어치우자 둑은 힘을 잃었다.

아버지는 여름철 염소는 풀 냄새가 난다고 하셨다. 그래서 가을에 염소를 도축하셨다. 큰 물통에 물을 가득 담고 염소의 머리를 넣어 숨을 멈추게 했다. 숨을 거둔 염소는 가죽을 벗겨 살코기와 뼈는 가마솥에 넣어 국을 끓여 동네 사람들과 나누어 먹었다. 가죽은 별도의 솥에 넣어 끓였는데, 그 국물은 보약이라 여겨 어머니와 가족들이 맛있게 드셨다. 고기보다 가죽을 더 귀하게 생각했다.

그 후 우리 집에서는 더 이상 염소를 기르지 않았다. 염소는 활발하고 민첩한 성질로 우리 곁에 있었지만, 시대의 변화와 농촌의 현실 속에서 결국 사라져버린 기억이 되었다.

동화 속 제비가 아니어도

여름이면 한국에 찾아오는 철새, 제비. 처마 밑에 진흙으로 집을 짓고 곤충을 잡아먹으며 살아가는 그 작은 생명은 오래전부터 길조로 여겨졌다. 강남 갔던 제비가 돌아와 집을 지으면 복이 들어온다고 믿었기에, 사람들은 제비의 둥지를 반갑게 맞이했다.

봄이 오면 제비는 어디에 둥지를 틀까 고민하는 듯 이 집 처마 밑에 앉아보고, 저 집 빨랫줄에 앉아보며 자리를 고른다. 나는 해마다 우리 집 처마에 제비가 집을 짓기를 기다렸다. 제비가 집을 지으면 복이 들어올 것이라는 기대감 때문이었다.

어린 시절, 나는 동화 속 흥부와 놀부 이야기를 떠올리며 제비를 관찰했다. 혹시 다리가 부러져 있으면 약을 발라주어야지, 아니면 일부러 다리를 부러뜨려 약을 발라줄까 하는 어리석은 생각까지 했다. 그러나 제비는 언제나 건강했고, 해마다 우리 집을 찾아와 새끼를 잘 길러 가을이면 멀리 날아갔다. 처마 끝에 떨어지는 제비 똥조차 불편하지 않았다. 언젠가는 박 씨를 물어다 줄지도 모른다는 기대가 있었기 때문이다.

제비는 진흙을 물어다 몇 주 만에 집을 짓고 알을 낳았다. 새끼들은 입을 크게 벌려 배고픔을 알렸고, 어미는 순서대로 먹이를 나누어 주었다. 배부른 새끼들은 둥지 밖으로 배설을 했고, 마루 위 신문지는 며칠 만에 배설물로 가득 찼다. 그러나 그것을 불평하지 않고 치우는 일은 오히려 즐거운 일이었다.

여름 들녘에서 제비는 날쌔게 비행하며 곤충을 잡았다. 그 곤충들은 벼 성장의 해충이 대부분이었다. 제비가 해충을 잡아먹지 않았다면 사람들은 농약을 뿌려야 했을 것이다. 제비가 농촌의 일손을 덜어주는 그 자체가 복이었다는 사실을 나는 그때는 알지 못했다.

가을이 되면 새끼들은 무럭무럭 자라 비행에 익숙해졌다. 곤충을 많이 먹어 살을 찌우고, 늦가을이면 강남으로 떠날 준비를 했다. 떠나기 전 빨랫줄 위에 모여 앉아 "그동안 잘 먹고 잘 지내다 갑니다. 내년에도 돌아오겠습니다."라고 인사하는 듯했다. 그러고는 어느 날 훌쩍 떠나고 없었다.

지금은 농촌의 현대화로 농약과 비료가 발달하면서 제비의 먹이가 사라졌다. 현대 건물은 제비가 집을 지을 처마를 내어주지 않는다. 결국 제비는 멸종위기종으로 분류되었다. 들녘을 날던 그 가벼운 날갯짓, 처마 밑의 둥지, 여름의 노랫소리 같은 제비의 기억은 이제 내 마음속에만 남아있다.

소와 함께 자라며 부모님께 배운 것

소는 농촌의 가장 귀중한 재산이었다. 쟁기를 끌어 논과 밭을 갈고, 수레를 끌어 곡식을 운반하며, 배설물은 짚과 함께 퇴비가 되어 다시 땅을 살렸다. 송아지는 재산을 늘려주었고, 소는 집안의 생계를 책임지는 존재였다. 자식은 다시 낳을 수 있지만, 소가 죽으면 농촌의 삶은 회복하기 어려웠다. 노동력 대부분이 소에서 나오기 때문이다.

우리 집에는 암소 한 마리가 있었다. 논갈이와 추수를 도왔고, 해마다 송아지를 낳아 경제적 도움을 주었다. 학교 다니던 시절, 송아지를 팔아 얻은 돈으로 수업료를 충당했다. 만약 그 암소가 없었다면 우리 형제가 초·중·고등학교를 무사히 마치기란 어려웠을 것이다.

사람들은 흔히 "소같이 우둔하다"라고 말하지만, 소와 교감하며 살아본 사람은 그렇게 말하지 않는다. 소는 사람의 발을 밟으면 곧바로 발을 들어 다치지 않게 한다. 온순한 암소와 달리 황소는 때로 흉악하고 포악했지만, 주인의 말에는 순종했다.

어린 시절, 나는 소와 함께한 기억이 많다. 암소는 해마다 송아지를 낳았고, 발정기가 되면 아버지는 황소 주인과 연락해 배꼽마당에서 교미를 시켰다. 동네 아이들은 그 광경을 구경하기 위해 몰려들었다. 덩치 큰 황소가 암소 등에 올라타는 순간, 땅이 꺼지는 듯한 충격이 느껴졌다. 교미가 끝나면 암소는 얌전해졌지만, 황소는 며칠간 먹이를 거부하고 성질이 사나워졌다. 나는 그 울음소리를 들으며 "사랑하면서도 헤어져야 하는 것이 얼마나 서러운 일인가" 하고 생각했다.

여름방학이 되면 소는 노동에서 벗어나 앞산으로 올라가 풀을 뜯었다. 마을 소 수십 마리가 줄지어 산으로 오르면, 목동들은 친구들과 함께 뛰어놀았다. 칼싸움 놀이를 하고, 콩서리를 하며, 뱀이나 개구리를 잡아 구워 먹기도 했다. 석양이 물들면 소들은 무리를 지어 주인을 기다렸다. 소 방울 소리가 땡그랑 울리면 마음이 따뜻해졌다.

가끔은 대열에서 이탈하는 소가 있었다. 콩밭으로 내려가 몰래 곡식을 먹거나, 무리를 잃고 혼자 길을 헤매기도 했다. 소를 잃어버린 친구는 얼굴이 창백해져 울음을 터뜨렸다. 그러나 때로는 소가 스스로 집으로 내려오기도 했다. 소먹이는 일은 힘들었지만, 친구들과 산에서 뛰어놀던 즐거움이 더 컸다.

암소는 임신을 마치고 송아지를 낳았다. 태를 먹어치운 뒤 혀로 송아지를 핥아주면, 갓 태어난 송아지는 몇 분 만에 일어서려 애썼다. 송아지는 귀여웠고, 동시에 집안의 경제적 희망이었다. 송아지를 팔아 학교 등록금을 낼 수 있었기 때문이다. 그러나 송아지를 팔러 우시장에 가는 날, 어미 소의 울음은 애달팠다. 송아지와 헤어진 슬픔에 소죽도 먹지 않았다. 나는 그 울음소리를 들으며 동물도 사랑하고 그리워한다는 사실을 깨달았다.

가난한 농부에게 소는 꿈이었다. 그래서 잉여 송아지 제도가 있었다. 이웃집에서 태어난 송아지를 데려와 키우고, 그 송아지가 어미 소가 되어 송아지를 낳으면 원주인에게 돌려주었다. 그렇게 몇 년을 정성껏 키워야만 비로소 자기 소를 가질 수 있었다. 자기 논밭을 자기 소로 갈아엎는 것이 농부의 가장 큰 소망이었다.

모내기철이 되면 소의 노동력은 절대적이었다. 쟁기로 논을 갈고, 써레질해 논바닥을 평평하게 했다. 모내기 날에는 온 가족이 동원되었다. 할아버지와 할머니는 못줄을 넘기고, 나는 모판을 배분했다. 아버지는 소와 함께 써레질했고, 어머니는 삯꾼들에게 음식을 준비했다. 하루 네 번의 새참과 점심, 저녁까지 수십 인분의 음식을 책임지는 어머니의 손길은 모내기의 또 다른 힘이었다.

추수철에도 소는 중요한 역할을 했다. 볏단을 질매에 실어 나르고, 마당에 쌓아두면 타작이 시작되었다. 먼지가 가득한 마당에서 온 가족이 힘을 합쳐 벼를 털어냈다. 벼가 뒤주에 가득 쌓이면 그동안의 고생은 사라지고 풍년의 기쁨만 남았다. 벼는 옷과 생활필수품을 마련해주었고, 학교 공납금도 대신했다. 쌀은 곧 화폐였다.

겨울철에는 소죽을 끓였다. 짚과 건초를 작두로 썰어 여물간에 담아두고, 등겨와 함께 솥에 넣어 끓였다. 아궁이 앞에서 아버지와 나는 풍구를 돌리며 이야기를 나누었다. 아버지의 6·25 참전 이야기, 할아버지의 옛날이야기, 그리고 우리 집의 희망과 슬픔이 그 자리에서 오갔다. 소죽이 끓어 구수한 냄새가 진동하면, 외양간의 소는 머리를 흔들며 반겨주었다. 구유에 담긴 소죽을 맛있게 먹는 모습은 고마움의 표현이었다.

소는 우리 집의 재산목록 1호였다. 노동력과 재산, 그리고 가족의 삶을 지탱해준 존재였다. 나는 그 소와 함께 자라며 아버지의 땀과 어머니의 정성을 배웠다. 소죽 냄새와 소 방울 소리, 그리고 송아지의 울음은 지금도 내 마음속에 살아 있다.

반딧불이 빛을 내던 그 여름밤에

우리 집 콩밭은 마을 앞 산자락에 자리 잡고 있어 집에서 꽤 멀리 떨어져 있었다. 산 아래로는 경부선 철도가 지나가고 있었 기에, 콩밭에 가려면 반드시 철길을 건너야 했다. 나는 어머니의 심부름으로 새참과 물이 가득 담긴 주전자를 들고 아버지가 일 하고 계시는 콩밭에 자주 갔다. 어린 마음에는 늘 의문이 있었 다. 왜 아버지는 일하러 가시면서 직접 음식을 챙겨가지 않고 꼭 나를 시켜 가져오게 하셨을까.

철길 앞에 서면 열차가 지나가는지 살펴야 했다. 그러나 그때 의 기관차는 지금처럼 빠르지 않았고, 멀리서도 소음과 진동으 로 쉽게 알아차릴 수 있었다. 그래서 철길을 건너는 일은 두렵지 않았다. 가끔 일반 열차가 지나가면 나는 손을 흔들며 인사를 했고, 언젠가는 나도 저 열차에 올라 창밖으로 손을 흔들며 답 례하리라 꿈꾸었다.

콩밭에 도착하면 아버지와 새참을 나누고, 아버지의 일을 도왔다. 콩밭의 가장 큰 문제는 잡초였다. 제때 김을 매지 않으면 콩보다 잡초가 더 빨리 자라 밭은 금세 잡초밭으로 변했다. 메주콩은 우리 가족의 겨울을 책임지는 귀한 식량이었다. 간장과 된장을 담아내는 원료였기에 풍작이면 마음이 넉넉해졌고, 흉작이면 온 집안이 근심에 잠겼다.

여름 한더위 속에서 콩밭을 매는 일은 고역이었다. 허리를 굽혀 호미질하다 보면 금세 땀이 범벅이 되고, 허리가 끊어질 듯 아팠다. 나는 몇 고랑을 매다 지쳐 포기했지만, 아버지는 해가 저물 때까지 묵묵히 일을 이어가셨다. 호미질 한 번, 허리 펴기 한 번. 그 단순한 반복 속에서 아버지는 끝내 밭을 정리하셨다.

석양이 지고 땅거미가 내려앉으면 산속의 시원한 공기가 가슴에 스며들었다. 그때 반딧불이들이 하나둘 나타나 이리저리 날아다녔다. 전기가 없던 시절, 우리는 호롱불을 켜고 살았다. 나는 시험 삼아 반딧불을 잡아 책상 위에 두고 책을 읽어보려 했지만, 빛은 아름다웠으나 공부하기에는 턱없이 부족했다. 아버지가 말씀하시던 "형설지공"의 이야기를 떠올리며, 옛날 사람들의 고단한 학문 열정을 상상해 보았다.

노을이 지고 어둠이 깔리면 콩밭은 혼자 있기엔 무서운 곳이었다. 그러나 아버지는 아들과 함께 김을 매며 대화를 나누고, 무서움을 달래주셨다. 아버지와 나눈 그 대화는 단순한 말이 아니라 사랑과 믿음을 확인하는 소통이었다.

세월이 흘러 콩밭은 사라지고, 1967년을 전후하여 농촌 경제를 위해 누에를 기르는 뽕밭으로 바뀌었다. 봄에는 가지를 베어 뽕잎을 얻었고, 가을에는 뽕잎을 하나하나 따야 했다. 해가 저물고 땅거미가 내려앉으면 개똥벌레들이 날아와 우리를 반겨주었다. 수많은 개똥벌레가 어둠 속을 밝히며 무서움을 달래주었고, 청정한 공기를 마시며 우리는 자연의 품 안에서 살고 있음을 느꼈다.

반딧불이가 빛을 내던 그 여름밤, 아버지와 나눈 대화는 지금도 내 마음속에 아름답게 남아있다.

부의 상징, 계란

꼬끼오— 수탉의 울음소리가 새벽 공기를 가르며 퍼져 나간다. 아침이 밝아온다는 신호다. 암탉은 알을 낳으면 "꼬꼬댁, 꼬꼬" 소리로 사람을 불러 세운다. 계란을 빨리 거두지 않으면 집지키미 능구렁이가 슬그머니 나타나 그 귀한 알을 삼켜 버린다.

닭장 문을 열어두면 닭들은 마당이며 퇴비장을 종종걸음으로 돌아다니며 먹이를 찾는다. 곡식이 부족할 때는 가장 하찮은 곡식을 뿌려주어도 잘 먹고, 정성스럽게 알을 낳아 준다. 닭장 안에서는 암탉의 서열에 따라 알을 낳지만, 서열이 낮은 닭은 퇴비장 구석이나 마당 모퉁이에 알을 낳는다. 그 알을 놓치면 능구렁이의 차지가 된다.

그러나 그 맛있는 계란을 먹는 일은 쉽지 않았다. 봄·가을 소풍이나 운동회 때나 겨우 맛볼 수 있었고, 평소에는 어머니께서 만든 계란찜이 할아버지 밥상에 오르는 것으로 만족해야 했다. 혹시 할아버지께서 조금 남겨두시면 형제들과 함께 운이 좋은 날에만 맛볼 수 있었다.

초등학교 시절 도시락 반찬은 김치나 단무지 몇 조각, 혹은 나물 반찬이 전부였다. 그런데 도시락에 계란프라이가 들어 있으면 그 학생은 단번에 부러움의 대상이 된다. 먹을 것이 없어 도시락조차 가져오지 못해 점심시간에 우물가에서 물만 마시는 친구에 비하면, 계란프라이 하나만으로도 풍요의 상징이었다.

빈 도시락을 들고 학교에 가면 친구들이 밥 한 숟가락씩 나누어 주며 함께 배고픔을 달래던 시절. 그때 계란은 단순한 음식이 아니었다. 계란 한 알 속에는 가족의 사랑, 친구의 나눔, 그리고 가난 속에서도 꺼지지 않던 희망이 고스란히 담겨 있었다.

식육점

　우리 집 닭장은 식육점이었다. 귀한 손님이 오시면 닭을 잡아 대접하는 것이 시골의 풍습이었다. 고기가 귀하던 시절, 닭장은 늘 손님을 맞을 준비가 되어 있어야 했다.

　닭의 머리를 비틀어 칼로 목을 벤 뒤 피를 빼고, 펄펄 끓는 물에 담가 털을 뽑는다. 큰 가마솥에 닭고기와 파, 무, 채소, 양념을 듬뿍 넣고 장작불에 끓이면 구수한 냄새가 동네 사방으로 퍼져 나간다. 수북이 담은 개장을 귀한 손님께 건네주면 최고의 대접이 된다.

　특히 씨암탉을 잡아 대접하는 것은 사위에 대한 극진한 예우였다. 사위가 처가에 오면 씨암탉을 내어야만 진정한 사위로 인정받는다고 믿었다. 그래서 고모부가 오시는 날은 집안에 고기가 넉넉히 오르는 날이었다.

　봄에 낳은 계란을 잘 보관해 병아리를 부화시키면, 삐악삐악 소리를 내며 마당을 뛰어다니는 병아리들이 집안을 활기차게 했

다. 천적이 나타나면 어미 닭은 목숨 걸고 병아리를 지켰다. 그
렇게 자란 닭은 계란으로 사람을 먹이고, 늙으면 삼계탕이 되
어 사람에게 헌신했다. 닭의 삶은 그렇게 끝까지 사람 곁에 머
물렀다.

인분 푸기

깊은 겨울 새벽, 아버지가 나를 깨운다. 얼떨결에 옷을 입고 리어카에 똥장군을 싣고 읍내로 향한다. 차가운 공기를 가르며 달려가는 길, 나는 망을 보고 아버지는 변소의 인분을 퍼 담는다. 닭이 새벽을 알리는 울음을 터뜨리기 전에 모든 일을 끝내야 한다.

왜 아버지는 나를 데리고 갔을까. 무서움을 덜어주려는 마음도 있었겠지만, 신작로의 가파른 오르막을 함께 넘기 위해서였을 것이다. 어린 손길이지만 리어카를 밀어 올리는 힘이 아버지께는 큰 도움이 되었을 것이다.

그해 논밭에 뿌려진 인분은 곡식을 풍성하게 했다. 그러나 세월이 흐르며 화학비료가 등장하자 인분의 가치는 점점 사라졌다. 인분을 팔던 시대는 끝나고, 돈을 내고 인분을 버리는 시대가 찾아왔다. 골목마다 종을 울리며 "인분차 왔습니다!"를 알리던 풍경이 일상이 되었다.

　한때는 최고의 거름이었던 인분. 발효가 잘된 인분은 곡식을 살찌우고, 사람의 삶을 지탱했다. 그러나 시대는 변했고, 인분의 가치는 역사의 뒤안길로 물러났다. 그 기억 속에서 나는 아버지와 함께했던 새벽길을 떠올린다. 차가운 공기 속에서, 작은 힘을 보태던 그 순간이 내 마음에는 따뜻한 추억으로 남아있다.

아버지를 깨우는 시계

여름철, 꼬끼오— 닭이 울면 아버지께선 잠에서 깨어 들판으로 향하셨다. 그때는 시계가 귀하던 시절, 시간의 개념이 뚜렷하지 않았다. 그래서 부지런한 농부는 닭의 울음소리를 시계 삼아 하루를 시작했다.

겨울철이면 닭 울음과 함께 아버지는 사랑방에 불을 지폈다. 엄동설한 긴긴 밤, 방안의 온기가 서서히 식어가면 추위에 떨고 계실지 모르는 부모를 위해 새벽같이 일어나 소죽을 끓였다.

나는 사랑방은 본래 따뜻한 곳이라 생각했다. 그러나 그 온기를 지키기 위해 아버지의 희생과 수고가 있었다는 사실을 뒤늦게 깨달았다.

성인이 되면 나도 그렇게 효도해야지 다짐했지만, 아버지보다 먼저 일어난 적은 한 번도 없었다. 부모에게 진정한 효도란 좋은 음식이나 구경거리를 제공하는 것이 아니라, 부모의 마음을 헤아려 불편을 덜어드리는 것임을 그때 배웠다.

여름 모내기철, 하루 다섯 번의 식사 시간을 알리는 시계는
없었다. 닭의 울음과 농부의 부지런함이 곧 시계였다.

닭서리

시골에서 고기를 구경하려면 읍내 장날을 기다려야 했다. 시장이 아니면 고기 자체를 얻기 어려웠다. 그래서 젊은이들 사이에서는 남의 집 닭을 훔쳐 먹는 '닭서리'가 유행했다. 당시에는 큰 죄의식도 없었다.

닭장은 늘 여러 마리의 닭으로 가득했기에 한두 마리 없어져도 눈치채지 못하는 경우가 많았다. 게다가 닭이 포식동물에 잡아먹히는 일도 흔했으니, 닭 한 마리쯤 잃는다고 크게 안타까워하지 않았다.

어느 가을 저녁, 벼 한 줌을 주머니에 넣고 이웃 동네로 향했다. 해가 저물면 닭은 본능적으로 집으로 돌아가지만, 들판에 벼가 떨어져 있으면 먹이에 정신이 팔린다. 우리는 벼를 던져 닭을 유인한 뒤 어둠이 깔리는 순간 재빨리 붙잡아 사라졌다.

닭서리에 대한 죄의식은 없었다. 친구들과 함께 요리해 먹었고, 부모님도 이를 알면서도 모른 척 묵인하셨다. 닭이 익어가는 냄새와 소리를 모를 리 없었으니, 그저 젊은이들의 장난으로 받아들이신 듯하다.

그러나 재미로 끝내야 할 서리가 지나치면 화를 부른다. 몇몇 친구들은 닭장을 털어 여러 마리를 한꺼번에 가져갔다가 결국 경찰에 신고당해 몇 배의 보상을 치른 적도 있었다. 그 시절의 닭서리는 죄라기보다, 가난 속에서 웃음을 찾던 젊은 날의 추억이었다.

미술시간

일주일에 한 번 찾아오는 미술시간. 크레용과 도화지를 준비하는 일은 어린 시절 큰 고민거리였다. 크레용은 한 번 사면 오래 쓸 수 있었지만, 도화지는 매번 새로 준비해야 했다. 그래서 미술시간이 있는 날이면 어머니께 도화지를 살 돈을 받아야 했다.

종이가 귀하던 시절, 학교 앞 문방구에서 겨우 도화지 한 장(1~2원)을 사서 그림을 그렸다. 한 장뿐이니 초안이 잘못되면 다시 그릴 수 없었다. 그래서 더욱 정성을 들여야 했다. 크레용은 형과 동생이 번갈아 쓰며 아껴야 했고, 친구들 대부분은 몽땅 크레용이나 부러진 크레용까지 버리지 않고 사용했다.

초등학교 2~3학년 어느 날, 학교 가는 길 냇가에서 미군 차량을 만났다. 어린 마음에 미군을 보면 무조건 "헬로우, 기브 미 껌!" 혹은 "쵸크렛!"을 외쳤다. 미군은 측은한 마음에 껌이나 초콜릿을 던져주곤 했다. 그날도 무언가 달라며 손을 내밀었는데,

미군은 뜻밖에도 홀더에서 도화지를 몇 장 꺼내 주었다.

나는 그 도화지로 낙엽을 그렸다. 잎맥과 모세관까지 세밀하게 표현한 그림은 진짜 낙엽처럼 보였다. 도화지가 아닌 종이에 그린 그림이라 혹시 인정받지 못할까 걱정했지만, 선생님께 칭찬을 받았다. 생전 처음 미술시간에 받은 칭찬이었다. 아마 여유분의 도화지가 있어 마음 편히 그림을 그릴 수 있었기에 좋은 결과가 나온 듯하다.

그 종이는 도화지보다 조금 작고 얇았다. 오랫동안 궁금했는데, 지금 생각해보니 미군이 건네준 것은 메모용 A4 용지였다. 그들이 메모지조차 마음껏 쓰는 모습을 보며, 우리나라보다 몇 십 년 앞선 나라임을 어린 마음에도 느낄 수 있었다.

어머니가 주신 도화지 살 돈은 결국 눈깔사탕으로 바뀌었다. 입안 가득 차 깨물 수도 없는 커다란 사탕, 학교에서 집에 돌아올 때까지 녹여 먹을 수 있는 그 달콤함은 지금도 잊을 수 없다. 미군을 떠올릴 때마다, 그때 받은 A4 용지와 눈깔사탕의 맛이 함께 떠오른다.

가설극장

가설극장은 오늘날의 영화관과 같다. 그러나 당시에는 영화를 상영할 건물이 없어 넓은 운동장에 스크린을 설치하고 영사기를 돌려야 했다. 그래서 달빛조차 없는 그믐날, 어둠이 완전히 내려앉은 시간을 택해 상영이 이루어졌다.

상영 소식은 몇 주 전부터 동네마다 직원들이 다니며 알렸다. 나도 부모님께 용돈을 받아 친구들과 함께 마을에서 5리 떨어진 읍내 왜관초등학교 운동장으로 향했다. 해가 지고 땅거미가 깔리면 영화가 시작되기에, 우리는 그 시간에 맞추어 출발했다.

생애 처음 맞이하는 영화 관람. 운동장은 사람들로 가득했고, 나는 스크린에서 멀리 떨어진 자리에 앉았다. 더 많은 사람이 내 뒤로 몰려들며 영화 시작을 기다렸다. 사방이 어둠에 잠기자 드디어 영화가 시작되었다. 내용은 잘 이해되지 않았지만, 영화를 보았다는 사실만으로도 만족스러웠다. 관람하지 못한 친구들에게는 큰 자랑거리가 될 일이었다.

상영이 끝나고 집으로 돌아가려는 순간, 수많은 인파가 동시에 정문으로 몰려들었다. 앞사람이 발에 걸려 넘어지자 연이어 사람들이 쓰러졌다. 나도 세 번째로 바닥에 깔렸고, 뒤에서 또 사람들이 덮쳐왔다. 땅바닥에 깔린 사람들은 비명을 지르며 고통을 호소했다. 나는 몸을 움직일 수도 없었다.

그때 한 아저씨가 큰 소리로 고함치며 관람객들을 마구잡이로 때리기 시작했다. 깜깜한 어둠 속에서 날아드는 주먹을 피하려고 사람들의 발걸음이 멈추었고, 행렬은 서서히 진정되었다. 바닥에 쓰러진 사람들을 일으켜 세우며 사고는 가까스로 막을 수 있었다. 그분의 행동이 없었다면 많은 사람이 희생되었을 것이다.

캄캄한 어둠 속, 좁은 정문을 향해 몰려드는 인파 속에서 압사 사고가 일어날 뻔한 순간. 그 경험은 내게 큰 깨달음을 주었다. 지금도 뉴스에서 압사 사고 소식을 들을 때마다 그날의 기억이 떠오른다. 그때 배운 교훈은 단 하나였다. "질서가 생명이다."

가을 운동회

　만국기가 바람에 펄럭이는 초등학교 가을 운동회는 마을 전체의 축제였다. 가족은 물론 이웃마을 사람들까지 한자리에 모여 꿈과 희망을 나누는 날. 매년 혹은 격년으로 열렸는지는 기억이 가물가물하지만, 가을 운동회는 늘 많은 추억을 남겼다.

　운동회는 개인전과 단체전으로 나뉘었다. 개인 달리기, 두 명이 발을 묶어 달리기, 종이쪽지에 적힌 조건에 맞춰 사람을 찾아 함께 달리는 달리기, 졸업생 달리기, 마을 청년 대표 달리기 등이 있었다. 단체전은 큰 공 굴리기, 곤봉체조, 줄다리기, 청군 백군 이어달리기, 기마전, 그리고 점심을 알리는 박 터트리기까지 이어졌다. 청군과 백군으로 나뉘어 개선문을 통과해 입장하면, 선후배가 목청껏 응원하며 운동장은 열기로 가득 찼다.

　점심시간이 가까워지면 오자미를 던져 박을 터트리는 행사가 시작된다. 박이 터지면 점심시간. 가을의 맛, 땅콩과 밤, 그리고 김밥이 전부였지만 가족과 함께 먹는 즐거움은 그 어떤 진수성

찬보다 값졌다.

가장 기억에 남는 것은 달리기였다. 개인 달리기에서 1등은 공책 3권, 2등은 2권, 3등은 1권을 상으로 받았다. 친구와 발목을 묶어 달리는 경기에서도 등수에 따라 공책이 주어졌다. 나는 보통 공책 5권쯤을 받아 부모님께 자랑스럽게 건넸다. "엄마, 나 1등 했어!"라며 공책을 내밀면 가족은 칭찬을 아끼지 않았다.

그러나 상을 받지 못한 친구도 있었다. 달리기에 소질이 없는 아이는 초등학교를 졸업할 때까지 단 한 번도 상을 받지 못했다. 나는 공책을 한 권쯤 나누어 주고 싶었지만 용기를 내지 못했다. 함께 등하교하며 소꿉놀이, 구슬치기, 딱지치기를 즐기던 친구가 빈손으로 돌아가는 모습을 보며 마음이 편치 않았다.

운동회가 끝나고 마을로 돌아오는 길, 나는 가족의 칭찬에 들떠 노래를 부르며 걸었지만, 친구의 뒷모습은 왠지 쓸쓸해 보였다. 즐거운 운동회가 누군가에게는 상처로 남을 수도 있다는 사실을 그때 처음 깨달았다.

지금에 와서 생각하면, 운동회에서 달리기 성적만으로 상을 나누어 주는 것은 모순이었다. 상을 받은 학생은 기뻤겠지만, 상을 받지 못한 학생은 마음에 상처를 입었을 것이다. 부모님도 편치 않았을 것이다. 그래서 학교는 나중에 상을 받지 못한 학생에게도 공책 한 권을 나누어 주었다. 작은 배려였지만, 그 속에는 큰 의미가 담겨 있었다.

　운동장에 설치된 만국기가 바람에 펄럭일 때, 운동회는 더욱 실감났다. 곤봉체조와 기마전은 힘들게 연습했지만, 기다림과 설렘으로 가득한 행사였다. 가을 운동회는 단순한 놀이가 아니라, 함께 웃고 함께 아쉬워하며 공동체의 의미를 배우는 날이었다.

구호물자 신자

신앙 때문에 성당에 다니기보다, 배고픔을 달래기 위해 성당을 찾는 사람이 더 많았다. 종교 단체를 통해 구호물자가 배급되었기 때문이다. 성당에 다니는 사람부터 우선 배급을 받았으니, 몸은 성당에 있어도 마음은 구호물자에 가 있었다.

성당에 가는 주간에는 최소한의 음식을 해결할 수 있었기에, 구호물자가 지급되는 동안만 성당을 다니는 '구호물자 신자'가 많았다. 우리 마을 주민의 절반 가까이가 성당을 다녔지만, 구호물자가 사라지자 신자 수도 줄어들어 지금은 몇 가구만 남았다.

구호물자가 점점 줄어드는 대신, 이웃에 있던 미군 부대가 활성화되면서 그곳에서 나온 음식물 찌꺼기가 쓰레기장으로 흘러들었다. 원래 돼지 사료로 쓰이던 그것을 사람들은 적당히 가공해 허기를 달랬다. 큼직한 고깃덩어리가 섞여 있는 날이면 운이 좋은 날이었다. 쓰레기장 가까운 우리 마을은 그나마 이런 행운이 있었지만, 멀리 떨어진 마을은 그런 기회조차 없었다.

학교도 마찬가지였다. 공부를 위해 입학하기보다, 한 끼 식사를 해결하기 위해 학교에 오는 아이들이 많았다. 주민등록상 1956년생이 입학 대상이었지만, 실제로는 1955년생부터 1957년생, 심지어는 58년생까지 학교에 들어왔다. 보릿고개를 넘기기 위해 학교로 모여든 것이다.

인구는 폭발적으로 늘었지만, 먹는 것은 해결되지 않았다. 그래서 더 많은 아이가 학교에서 한 끼 식사를 의지했다.

초등학교에는 구호물자인 옥수수가 정기적으로 보급되었다. 큰 가마솥에 옥수수 가루와 물을 넣고 장작불에 끓이면 보글보글 소리와 함께 구수한 냄새가 학교 전체로 퍼졌다. 그 냄새에 침이 꼴깍 넘어가고, 공부는 뒷전이었다. 오전 수업이 끝나면 빈 도시락에 옥수수 죽을 담아 허기를 달랬다.

지금 기성세대가 된 전후 세대에게, 어린 시절의 배고픔이 좋은 추억으로만 남아있을까. 배고픔을 해결하기 위해 학교에 다녔던 경험은 사회 적응에도 큰 어려움이 되었을 것이다.

물론 배고픔을 자식에게 물려주지 않기 위해 경제 발전에 힘쓴 사람도 많았다. 그러나 양보하면 삶이 무너진다고 생각해, 대화보다 자기주장을 고집하며 자기중심 사회를 이끌던 세대도 있었다. 부를 쌓았지만 나눌 마음의 여유가 없었던 삶. 그것이 정이 메마른 사회 분위기를 만드는 데 일조하지 않았을까.

글짓기

초등학교 3학년 때 담임선생님은 글짓기에 남다른 열정을 가지고 계셨다. 거의 매일 아침 글짓기 숙제를 검사하시고, 모범이 되는 글은 교실 뒤편 게시판에 붙여 칭찬과 함께 친구들이 읽도록 하셨다. 나도 언젠가는 내 글이 게시판에 붙어 선생님의 칭찬을 받고 친구들의 부러움을 사겠다는 생각으로 늘 마음이 설레었다. 길을 걸을 때도, 사물을 바라볼 때도 언제나 글감이 될 만한 것을 찾곤 했다.

한 달에 몇 번은 날씨가 좋은 수요일 오전, 국어시간에 학교 뒤편 솔밭에서 글짓기 대회를 열었다. 글을 지은 뒤 발표하는 자리에서 친구들과 우애가 깊어지고 사고력도 풍부해졌다. 처음에는 받아쓰기도 겨우 하던 친구들이 글짓기의 재미를 느끼며 국어 공부에도 큰 도움이 되었다. 참으로 모범적인 수업이었다.

나도 언젠가는 내 글이 게시판에 붙기를 바라며 시상을 떠올리곤 했다. 어느 날, 우물에서 두레박으로 물을 퍼 올리는 모습이 떠올랐다. 긴 줄 끝에 매달린 두레박이 출렁이며 물을 담아 올리는 장면을 글로 옮겼다. "두레박은 넘실넘실 춤을 추며 우리에게 생명수인 물을 공급하고 있네. 얼마나 기쁜지 눈물을 흘리며 두레박은 춤을 추네…" 이렇게 글을 지으며, 이번에는 꼭 내 글이 게시판에 붙을 것이라 기대했다.

등교 후 숙제를 하지 못한 친구들은 서둘러 글짓기에 몰두했다. 옆자리 친구는 즉석에서 "의좋은 형제"라는 글을 지었다. 등굣길에 보자기에 둘러맨 책과 깡통 필통 속 연필 두 자루가 딸가락딸가락 부딪히는 모습을 형제의 우애로 표현한 글이었다. 그 글은 그날 최고의 글로 뽑혀 게시판에 붙었다.

내 글은 칭찬은 받았지만, 결국 "의좋은 형제"에 밀려 게시판에 오르지 못했다. 그러나 그 이후 글짓기 수업을 통해 내 상상력은 더욱 풍부해지고 사고력도 넓어졌다. 함께 수업했던 친구 중 한 명은 대학을 나오지 않았지만, 훗날 문단에 등록해 시인으로 추대받으며 존경받는 삶을 살았다. 아마도 그 시작은 모두가 함께했던 그 글짓기 시간에서 비롯된 것이 아닐까.

꿀꿀이 죽 이야기

우리 집 좌측에는 미군 부대가, 우측에는 그 부대에서 배출되는 쓰레기 집하장이 있었다. 그곳에는 생활 쓰레기뿐 아니라 음식물 찌꺼기도 쌓였는데, 주민들은 그것을 가져와 돼지 사료로 사용했다. 우리는 그것을 '꿀꿀이 죽'이라 불렀다.

오늘날은 음식물 처리장에서 위생적으로 처리하지만, 당시에는 쓰레기장 인근 주민에게 직접 판매했다. 꿀꿀이죽을 파는 날이면 동네 사람들은 빈 깡통을 들고 긴 줄을 서서 기다렸다. 드럼통에 담긴 죽을 한 그릇 받아 돈을 내고 집으로 돌아오는데, 양이 적은 날에는 빈손으로 돌아가기도 했다.

집으로 가져온 꿀꿀이죽은 솥에 끓여 건더기를 건져 먹고, 국물까지 나눠 먹었다. 운이 좋은 날에는 고깃덩어리가 들어 있어 단백질을 보충할 수 있었으니, 그날은 횡재한 날이었다. 음식이 귀하던 시절, 꿀꿀이죽을 사러 가는 주민은 늘 있었다.

죽을 끓이는 냄새가 동네에 퍼지면 군침이 돌았다. 이웃집에서 "오늘은 소고기 덩어리가 있었다", "닭고기가 들어 있었다"는 이야기를 들으면 상상만으로도 입안에 침이 고였다.

초등학교 저학년이던 어느 여름날, 부모님 몰래 주민들과 함께 쓰레기장에서 꿀꿀이죽을 사 왔다. 마당 화덕에 깡통을 올려 끓이던 중, 말로만 듣던 '왕근이'를 발견했다. 손상 없는 닭다리였다. 군침을 삼키며 기다렸다가 형제 몰래 닭다리를 먹었을 때, 꿀꿀이죽이라는 생각은 사라지고 그저 값싸게 음식을 제공해준 미군과 주인에게 감사한 마음이 들었다.

그러나 곧 가장 큰 건더기를 씹는 순간, 고기 맛이 아닌 이상한 맛이 느껴졌다. 그것은 담배꽁초였다. 그 순간 다시는 이런 음식을 탐내지 말아야겠다고 다짐했지만, 닭다리의 맛은 오래도록 기억에 남았다.

가난했던 시절, 꿀꿀이죽은 돼지 사료라 했지만, 사람들도 먼저 먹을 수 있는 것은 먹었다. 수치심보다 배고픔을 달래는 것이 더 중요했기에, 마을 사람들 누구도 손가락질하지 않았다.

훗날 고향 친구들과 옛 추억을 이야기할 때, 꿀꿀이죽을 자주 사던 친구는 "줄을 서서 기다리다 죽이 떨어지면 점심과 저녁을 굶어야 했기에 초조했다"고 말했다. 새치기하면 주인의 고함과 함께 얼굴에 죽을 맞아도 참고 기다렸다고 했다. 때로는 주인과 가까운 친척이 매점매석하여 두 배 값에 팔기도 했고, 양이 모자라는 날에는 빈 깡통을 들고 돌아가야 했다.

죽이 끓는 냄새가 마을에 퍼지면 군침이 돌았다. 언젠가는 나도 저런 고기를 먹어야지 하며 향수에 젖곤 했다. 그러나 그때 꿀꿀이죽을 많이 먹은 사람들은 지금도 건강하고 장수한다. 단백질과 영양소를 보충한 덕분일 것이라고 생각하며 싱겁게 웃어 본다.

나일론 양말

　겨울이면 두툼한 옷을 껴입어도 손끝과 발끝은 여전히 시리다. 동상을 막기 위해 장갑과 양말을 신었는데, 그 양말은 대부분 나일론 실로 뜨개질한 것이었다. 질기고 튼튼하지만 열에는 약하고, 수분을 흡수하지 못하는 특성이 있었다.

　한겨울 고무신을 신고 다니려면 양말은 필수였다. 그러나 시중에 양말이 넉넉히 유통되지 않았고, 살 돈도 부족했다. 그래서 사랑방에 계신 할머니가 손자를 위해 나일론 실로 양말을 뜨개질해 주셨다. 할머니가 만든 양말은 오래 신을 수 있었지만, 발에 땀이 차면 냉기가 스며들어 발이 시려왔다. 그럴 때면 등굣길 논두렁에 모닥불을 피워 손발을 녹였다.

　불꽃에 너무 가까이 가면 나일론 양말이 눌어붙어 펑크가 나곤 했다. 펑크 난 양말은 발바닥과 신발이 맞닿아 냉기가 곧장 스며들어 더 시렸다. 한 켤레 양말로 겨울을 나야 했기에, 양말이 해지면 왠지 모르게 미안한 마음이 들었다.

몇 번의 실수 끝에 나는 불꽃 대신 간접 열로 양말을 말리는 법을 배웠다. 지금은 해진 양말을 신고 다니는 사람이 없지만, 그때는 꿰매거나 천을 덧대어 끝까지 사용했다. 오늘날은 여름용, 겨울용, 스포츠용까지 다양한 양말이 있지만, 그 시절의 나일론 양말은 가난 속에서도 따뜻함을 지켜주던 소중한 기억이다.

난로당번

초겨울이 오면 창고에 있던 난로를 꺼내 교실에 설치했다. 연통은 해마다 부식되어 교체해야 했고, 난로 아래에는 모래를 깔아 바닥으로 열이 전달되지 않도록 했다.

난로가 설치되면 3~4명이 한 조가 되어 '난로당번'을 맡았다. 아침 일찍 등교해 불을 피우고, 땔감을 책임지며, 수업이 끝나면 난로를 소등하고 선생님께 보고해야 했다. 부지런한 당번을 만나면 하루가 따뜻했지만, 땔감을 충분히 가져오지 못하면 추위에 떨어야 했다.

땔감을 준비하는 일은 큰 부담이었다. 집에서 장작을 가져오기도 했지만, 대부분은 등굣길에 고목이나 버려진 나무를 주워야 했다. 논두렁에 박힌 말뚝이나 비에 떠내려온 나무를 모아 난로에 불을 지피면, 교실에 퍼지는 온기에 친구들을 위해 보람을 느꼈다.

고학년이 되자 장작 대신 석탄인 '조개탄'이 보급되었다. 아침에 한 번 피워두면 열량이 높아 오래 지속되었지만, 공기량을 잘 조절하지 않으면 난로와 연통이 붉게 달아올라 화재 위험이 있었다. 도시락을 난로 위에 올려놓으면 장작불일 때는 따뜻하게 데워졌지만, 조개탄은 열이 너무 강해 밥이 타기도 했다.

난로당번은 단순히 불을 지피는 역할이 아니었다. 추운 겨울, 교실을 따뜻하게 지켜내는 책임자이자 친구들을 위한 작은 봉사였다. 그 시절의 난로는 단순한 난방 기구가 아니라, 공동체의 온기를 상징하는 불기둥이었다.

좀도둑

시골의 도둑은 남의 물건 중에서도 식생활에 꼭 필요한 곡식을 훔치는 사람이었다. 먹을거리가 귀하던 시절, 배고픔을 달래기 위해 도둑질을 하는 이들이 있었다. 돈을 벌 일터조차 찾지 못해 가족과 함께 굶어 죽을 수는 없으니, 밤마다 남의 집에 몰래 숨어들어 쌀을 훔쳐 가는 것이다.

나는 초등학교 시절부터 할아버지 방을 사용했다. 잠귀가 밝으신 할아버지는 아침마다 "어젯밤 누구네 집에 도둑이 들어 쌀을 훔쳐 갔다"는 이야기를 들려주셨다. 도둑은 쌀독의 쌀을 가져가거나 장독대를 뒤져 곡식을 훔쳤다. 심지어는 부엌 살림살이인 숟가락이나 놋그릇까지 가져갔다.

어떤 도둑은 가져갈 것이 없어 구리선으로 된 빨랫줄을 잘라 가기도 했고, 더 가난한 집에서는 마루에 벗어둔 신발까지 훔쳐 갔다. 돈이 될 만한 것은 무엇이든 도둑의 대상이었지만, 그래서 이런 도둑을 '좀도둑'이라 불렀다. 지금 말로 하면 생계를 위한 범죄였다.

가장 안타까운 기억은 우리 집에서 일어난 일이다. 추운 겨울, 정미소에서 도정한 쌀을 마당에 두었다가 저녁 식사 사이에 도둑이 훔쳐 간 것이다. 마당을 지키던 개도 짖지 않았다. "도둑맞으려면 개도 안 짖는다"는 속담이 딱 들어맞았다. 개는 도둑과 마주하면 기가 죽어 짖지 못하는 듯했다.

새벽에 윗동네 개가 짖으면 할아버지는 "저 집 근처에 도둑이 들었구나" 하셨다. 실제로 그 동네에서 도둑이 있었다는 이야기가 이어졌다. 거의 매일 밤도둑이 설치고 다녔지만, 잡지는 않았다. "도둑을 잡지 말고 후쳐야 한다"는 것이 할아버지의 말씀이었다. 잡히면 서로 민망하고, 혹여 무력 충돌이라도 생기면 더 큰 손실이 따르기 때문이다.

그러나 세월이 흐르며 통일벼가 생산되어 식량이 자급되자 이런 생활 도둑은 사라졌다. 대신 개 도둑이 기승을 부렸다. 삼복 무렵이면 개장수가 동네를 돌아다니며 "개 삽니다!"를 외쳤다. 개 값을 잘 쳐 준다며 흥정을 하다가, 팔지 않으면 눈여겨 두었다가 훔쳐 가는 경우가 있었다.

들녘에서 김을 매던 아낙이 새참을 가지고 나간 사이, 개장수는 주인이 없는 집을 노려 개를 훔쳤다. 대문이 닫혀 있어도 어찌 그 사실을 알았는지, 개는 몸부림치며 끌려가면서도 짖지 않았다. 지금도 그 이유는 의문으로 남아있다.

도시락

　초등학교 6학년, 중학교 진학을 앞두고 우리는 정상 수업 한 시간 전부터 학교에 나가 공부를 했다. 아침 한 시간을 더 일찍 일어난다는 것은 어린 나에게 큰 고역이었다. 잠이 많은 나뿐 아니라, 엄마에게도 쉽지 않은 일이었다. 여섯 남매와 부모님, 할아버지·할머니, 머슴까지 합치면 스무 명 분이 넘는 밥을 지어야 했으니, 도시락까지 챙기는 일은 엄청난 부담이었다.

　나는 눈을 비비며 부엌으로 달려가 밥솥을 열고 몇 숟가락을 떠먹은 뒤 학교로 달려갔다. 지각을 면하기 위해 허기를 참으며 빠른 걸음으로 학교에 향했다. 첫 시간이 끝나면 동생이 도시락을 들고 학교로 와 주었다. 어린 나이에 무거운 책가방에 도시락 두 개까지 들고 오는 동생의 수고를 생각하면 늘 고마운 마음이 들었다.

　쉬는 시간이 되면 친구들은 도시락을 꺼내 먹었다. 두 번째 수업이 끝날 즈음이면 도시락은 이미 빈 통이 되었다. 그래서 친구들이 두 개의 도시락을 준비했다. 저학년 때는 옥수수죽이나 빵을 학교에서 나눠주기도 했지만, 경제적 여유가 있는 학생들은 제외되었고 대부분은 도시락에 의존해야 했다.

가끔은 내가 엄마의 아침 준비를 도와주기도 했다. 큰 솥에 불을 때는 일은 쉽지 않았다. 불길이 너무 세면 밥이 타고, 약하면 오래 걸렸다. 짚단은 열량이 낮아 시간이 오래 걸렸고, 나무는 열량이 높아 빠르게 밥을 지을 수 있었다. 장마철에는 땔감이 젖어 화력이 떨어져 밥짓기가 더 힘들었다. 그런 날은 아침을 굶고 학교에 가는 경우도 많았다.

결국 도시락을 들고 오는 동생이 더 힘들었을 것이다. 그러나 그 도시락에는 단순한 밥과 반찬만이 담겨 있지 않았다. 가족의 정성과 동생의 수고, 그리고 어린 시절의 배고픔과 감사가 함께 담겨 있었다.

돈 줍던 날

초등학교 등굣길은 마을을 지나 들판을 건너면 냇가를 따라 이어졌다. 여름에는 방천 둑을 따라 걸었지만, 매서운 바람이 부는 겨울에는 냇가 바닥을 따라 학교로 향했다. 지금은 제방 정비사업으로 깔끔히 정리되었지만, 그때는 자연 그대로의 제방이었고, 그 옆에는 아까시(아카시아)나무 군락이 우거져 있었다.

아까시나무는 가시가 많아 함부로 다가가기 어려웠지만, 성장 속도가 빨라 겨울철 난방 연료로 많이 쓰였다. 여름에는 군락지에 유해한 동물이 있을까 두려워 둑 위로 걸었지만, 겨울에는 잎이 모두 떨어져 시야가 트였기에 군락지 아래 냇가 길을 걷곤 했다.

겨울방학이 다가오던 어느 날, 나는 아까시나무 가지에 걸린 종이돈을 발견했다. 얼어붙은 바람을 피해 걷던 길에서 마주친 뜻밖의 행운이었다. 돈을 주워 학교에 갔지만, 너무 큰돈이라 친구들에게 자랑할 수도 없었다. 보통은 돈을 주우면 잃어버린 친구에게 돌려주기도 했지만, 이번에는 차마 입을 열 수 없었다.

수업 내내 마음은 들떠 있었다. 하굣길에 다시 군락지를 살펴보았지만, 더 이상 돈은 없었다. 큰돈을 손에 쥐고도 마음은 무거웠다. 누가 잃어버린 것일까. 길 가던 행인이 술에 취해 흘린 것일까, 아니면 소 판 돈을 잃은 것일까. 온갖 상상이 머릿속을 맴돌았다. 결국 그 돈은 쓰지 못하고 책 속에 꼭꼭 숨겨 두었다.

며칠 뒤 설날이 다가왔다. 할아버지, 아버지, 삼촌들께 세배를 드리고 받은 돈을 세어보며 형제들과 자랑하던 중, 나는 그때 주운 돈까지 꺼내 형에게 보여주었다. 형은 일곱 살이나 많아 돈의 가치를 잘 알고 있었고, 갖고 싶어 나를 유혹했다. 나는 나름대로 조건을 내걸었고, 형은 장난감 스무 가지를 주는 조건으로 그 돈을 가져갔다.

그때 나는 돈의 참된 가치를 알지 못했다. 1원, 2원은 소중히 여기면서도 50원의 무게는 이해하지 못했다. 지금 생각해보면, 어린 시절의 나는 100원이나 1,000원의 가치는 알았지만, 50,000원의 가치는 헤아리지 못했던 것이다.

떨어진 이삭 줍기

농촌의 농번기에는 학교에서도 특별한 방학이 있었다. 여름철 모내기 돕기와 가을철 추수 돕기. 며칠 동안 학생들은 책 대신 낫과 지게, 못줄을 가까이하며 부모님의 일손을 거들었다. 어린 아이의 손길이 큰 도움이 되지는 않았지만, 일손이 부족한 농번기에는 작은 힘이라도 보탬이 되기를 바랐다.

이 방학에는 숙제가 따랐다. 여름에는 보리밭에서 떨어진 보리를, 가을에는 추수 후 논에 남은 벼 이삭을 주워 학교에 가져가야 했다. 농지를 가진 집 아이들은 부모가 담아 준 곡식을 가져갔지만, 농지가 없는 친구들은 이 논 저 논을 다니며 떨어진 이삭을 주워야 했다.

초등학교 4학년 가을, 담임선생님은 "낙수를 담아 오라"는 숙제를 내주셨다. 도시에서 처음 시골 학교로 오신 분이라 '낙수(落穗, 떨어진 이삭)'을 '낙수(落水, 떨어진 물)'로 이해하신 듯했다. "땅에 떨어진 물을 어떻게 담아 오란 말인가?" 하는 당황스러운 표정이 역력했다. 그러나 학생들은 이미 익숙한 숙제였기에 아무도 반문하지 않았다. 며칠 뒤, 우리는 각자 주운 이삭을 제출했고, 선생님은 미소를 띠며 우리를 맞아 주셨다.

다음 해, 5학년 가을에도 낙수 숙제가 이어졌다. 아침에 부모님이 보자기에 벼를 담아 주시며 "어서 학교 가라" 재촉하셨다. 교실 한쪽에 깔린 멍석 위에 친구들이 차례로 보자기를 풀어놓자, 수북이 쌓인 벼가 가마니에 담겨 교실 밖으로 옮겨졌다.

그런데 수업이 시작된 뒤, 선생님의 얼굴은 사색이 되었다. 분노에 찬 목소리로 우리를 꾸짖으셨다. 이유는 알 수 없었지만, 성인이 된 후에야 알게 되었다. 우리 반 학생 중 한 명이 벼를 가져올 형편이 안 되어, 벼와 비슷한 모래를 섞어 제출했던 것이다. 얼마나 형편이 어려웠으면 그런 선택을 했을까 싶어 마음이 아팠다. 그러나 그 모래 때문에 친구들이 정성껏 모은 벼를 사용할 수 없게 되었으니, 선생님과 친구들의 마음에 깊은 상처를 남겼다.

한 톨의 쌀을 아껴 배고픔을 이겨내야 했던 시절, 그 행동은 선생님의 가슴에 멍을 남겼을 것이다. 지금처럼 석발기가 있었다면 굳이 그렇게 화내실 필요도 없었을 텐데, 하는 아쉬움이 남는다. 그러나 그 시절의 낙수 숙제는 단순한 곡식이 아니라, 가난과 배고픔 속에서 서로의 삶을 이해하고 배려해야 했던 시대의 상징이었다.

라디오

어린 시절, 노래란 무엇일까 하는 궁금증이 늘 마음속에 있었다. 초등학교에 입학하면서 음악시간에 동요를 따라 부르긴 했지만, 사회에서 유행하는 노래는 접할 기회가 없었다. 산토끼, 나리 나리 개나리 같은 입에서 입으로 전해지는 노래만 알았고, 음악책을 통해서야 비로소 노래의 세계를 조금씩 이해하게 되었다.

그러던 어느 날, 우리 집에도 스피커가 설치되었다. 읍내에 마련된 앰프 시설에서 송출되는 음성이 전선을 타고 집으로 흘러들어왔다. 처음 듣는 가수의 목소리, 따라 부르는 유행가. 세상이 달라지고 있었다. 하루 중 정해진 시간에만 들을 수 있었기에, 음악이 나오면 공책에 가사를 적느라 분주했다. 놓친 부분은 다시 들으며 채워 넣고, 그렇게 한 곡의 노래를 완성해 따라 부르곤 했다.

친구들 앞에서 유행가를 뽐내면 부러움의 눈빛을 받았다. 그러나 노래에 소질 있는 친구는 한두 번만 들어도 곧바로 곡을 익혀 불렀다. 나는 그 친구를 보며 음악적 재능이란 무엇인지 새삼 느꼈다.

저녁이면 스피커에서 흘러나오는 연속극에 온 가족이 모여 앉았다. 이야기에 귀 기울이며 웃고 울던 시간은 가족을 하나로 묶어 주었다. 스피커가 없는 이웃은 함께 모여 듣기도 했다. 그러나 이 스피커는 곧 라디오의 등장으로 자취를 감추었다.

라디오는 시간과 장소의 제약이 없었다. 언제든 켜면 소식과 음악을 들을 수 있었고, 다양한 채널을 선택할 수 있었다. 중학교 시절, 라디오가 널리 보급되면서 가구마다 한 대씩 갖추게 되었고, 더 이상 부의 상징이 아니게 되었다. 대신 새로운 상징은 흑백 TV였다.

흑백 TV는 가수를 직접 보며 노래를 따라 부를 수 있는 신기한 기계였다. 청각의 시대가 지나고 시각의 시대가 열린 것이다. 김 일의 레슬링 중계가 시작되면 이웃집 마당은 사람들로 가득 찼다. 김 일이 이기면 환호성이 터지고, 지면 함께 아쉬워했다. 연속극이 방영될 때도 마을 사람들은 한 집에 모여 시청했다.

고등학교 시절이 되자 우리 집에도 흑백 TV가 들어왔다. 이제는 이웃집을 찾지 않고 가족끼리 모여 시청했다. 그때부터 핵가족의 모습이 자리 잡기 시작한 듯하다. 오랜 세월이 흐르며 흑백 TV는 칼라 TV로 바뀌었고, 세상은 또 다른 시대를 맞이했다.

묘지

어린 시절, 삼촌들이 하나둘 사랑방에 모이면 할아버지는 산소 이야기를 꺼내셨다. 어느 산소는 누구의 묘이며, 그 후손은 누구인지, 살아생전에 어떤 일을 했는지. 산소는 후손의 얼굴이라며, 방치하면 후손이 욕을 먹는다고 하셨다. "너희가 이렇게 살아가는 것도 조상님의 은덕이니, 최소한의 예의는 갖추어야 한다." 할아버지의 말씀은 늘 무겁게 다가왔다.

산소 관리에는 석물이 필요했다. 봉분의 유실을 막기 위한 축대, 제물을 올리는 상석, 고인의 이름과 생몰년을 새긴 표석, 그리고 무덤 앞에 세우는 망주석. 할아버지와 아버지, 삼촌들은 어떤 석물을 설치할지 밤늦도록 의논했다. 결국 고조할아버지와 그 형제들의 묘부터 관리하기로 하고, 비용을 분담했다.

석공이 돌을 다듬어 축대를 쌓을 때, 나는 어린 심부름꾼으로 새참을 날랐다. 막걸리 한 되, 봄에는 감자, 가을에는 고구마와 빵. 아버지는 석공을 돕는 보조였고, 나는 그 곁에서 아버지의 땀을 보며 '나도 조상을 위해 헌신하는 사람이 되어야지' 다짐했다. 무거운 석물은 목도로 메어 옮겼고, 봉분은 잔디를 입혀 단정히 마무리했다. 마지막에는 제물을 올려 조상께 감사하며 공사를 끝냈다.

명절이 되면 가족은 산소에 성묘했다. 아버지는 족보를 들며 "이 산소는 누구의 묘이고, 그 후손은 누구다" 설명하셨다. 그 모습은 존경 그 자체였다. 성인이 된 후 나도 아들에게 같은 말을 전했다. "아들아, 너도 성인이 되면 조상을 잘 모셔야 한다." 그때마다 마음은 뿌듯했고, 조상의 은덕에 감사했다.

그러나 세월이 흐르며 산은 석물로 뒤덮였다. 가난한 시절, 영어나 수학 자습서 한 권도 사지 못하면서도 조상 묘에는 막대한 돈을 투자했다. 경제 발전에 쓸 수 있었던 돈이 돌덩이로 변해 산을 메웠다. 추석 전 벌초는 큰 행사였고, 낫을 갈고 숫돌을 준비하며 온 가족이 산을 헤맸다. 뱀을 만나거나 벌에 쏘이는 일도 잦았다.

할아버지가 돌아가신 뒤 삼촌들의 발걸음은 점점 뜸해졌다. 성묘는 명절이 아닌 편리한 날에 가는 것으로 바뀌었고, 상여는 운구차에 자리를 내주며 불태워졌다. 장례는 예식장에서 치러지고, 매장은 화장으로 바뀌었다.

산소 관리의 문화는 점차 사라졌다.

아버지는 흩어진 산소를 모으기 위해 납골당을 추진했다. 삼촌들의 반대에도 불구하고, 정부 지원을 받아 콘크리트 납골당을 세웠다. 봉분과 석물은 땅에 묻히고, 유골만 옮겨졌다. 당시에는 후손을 위한 최선의 선택이라 여겨졌지만, 지금은 돌과 콘크리트가 자연으로 돌아가야 할 길을 막고 있는 듯해 씁쓸하다. 나는 아들에게 "사람은 자연으로 돌아가야 한다"는 말을 유언으로 남기고 싶다.

친구의 고향 청도 뒷산에서 본 석물 더미는 충격이었다. 조상 묘 앞에 있어야 할 석물들이 산더미처럼 쌓여 있었다. 우리 집도 납골당을 만들며 석물을 버렸을 것이다. 결국 전국 방방곡곡에서 버려진 석물들이 모여 산을 황폐하게 만들고 있었다.

조상을 위해 헌신하던 아버지의 모습이 떠올랐다. 굶주리며 축대를 쌓고 석물을 세웠지만, 이제는 쓰레기처럼 버려진 돌덩이들. 조상을 기리기 위해 만든 망주석과 상석, 표석이 석물 수집가의 손에 모여 있다는 사실은 아이러니였다.

방학 숙제

　초등학교에 입학한 후 가장 기다려지는 것은 방학이었다. 방학은 봄방학, 여름방학, 겨울방학으로 구분되었다. 방학 이외에도 가정의 일손을 돕기 위해 여름 모내기철 보리 줍기, 가을 추수와 벼 줍기가 있었지만, 우리에게 기다려지는 것은 언제나 방학이었다.

　방학이 시작되면 숙제가 뒤따랐다. 특히 여름방학에는 여름방학 공부 교재, 식물 채집, 곤충 채집이 필수였다.

　여름방학 공부 교재의 표지에는 수박밭과 원두막이 그려져 있었다. 표지에 나타난 그림을 보고 외가에도 그런 풍경이 있을 것으로 생각했지만, 실제로는 그렇지 않았다. 다만 농촌의 한가로운 풍경을 배경으로 한 그림은 여름방학이 시작되면 외가를 떠올리게 했고, '시골은 풍요롭다'는 인식을 심어주었다.

　여름방학 공부는 이미 배운 학과를 복습하는 의미로 문제를 풀거나 그림을 그리는 것이었다. 며칠 동안은 성실히 문제를 풀었지만, 시간이 지나면 숙제를 방치하다가 개학이 임박하면 하루에 몇 장씩 몰아서 풀어 제출했다. 저학년 때에는 문제 하나하나 정성을 다했지만, 고학년이 될수록 대충 풀어 제출했다. 선생님도 별다른 언급이 없어 제출 자체로 만족하는 분위기였다.

식물 채집은 생활 주변의 1년생 식물을 대상으로 했다. 토끼풀이나 네잎클로버를 채집해 책 사이에 눌러 건조 시킨 뒤 편집했다. 식물의 특성과 사람과의 관계를 이해하지 못한 채 이름 정도만 알고 제출하는 수준이었다.

곤충 채집은 잠자리, 매미, 하늘소 등을 잡아 채집통에 넣고 핀으로 고정하는 방식이었고 부패 방지를 위해 나프탈렌을 넣었다. 특히 하늘소는 반드시 채집해야 하는 곤충으로 여겨졌다. 오래된 고목에서만 발견되는 하늘소를 잡아야만 곤충 채집의 보람을 느낄 수 있었다. 그러나 당시 전쟁과 땔감 벌목, 사방사업으로 고목이 거의 없어 하늘소를 찾기란 쉽지 않았다.

여름방학 숙제는 당연하게 여겨졌다. 그러나 곤충 채집을 반복해야 하는 이유는 의문이었다. 곤충을 몇 번 채집하면 충분히 이해할 수 있는데, 매년 반복되는 숙제는 납득하기 어려웠다. 성인이 된 지금 생각해보면 관찰 일지를 작성하는 방식이었다면 의미가 있었을 것이다. 하지만 무차별적인 채집은 잘못된 숙제였다. 익충까지 잡아들였다면 농사에 역행하는 일이었다. 잠자리는 벼의 해충을 잡아먹는 익충이었지만 당시에는 알지 못했다.

어느 날 학교 소사가 곤충 채집통을 모아 쓰레기 소각장에서 태우는 모습을 보았다. 그 순간 숙제의 의미에 의문을 품었고, 성인이 된 지금도 그 숙제가 옳았는지 생각하게 된다. 그때로 돌아간다면 "곤충아, 방학 숙제로 네 가슴에 핀을 박았단다. 정말 미안해." 말하고 싶다.

배꼽마당

마을 한가운데에는 작은 마당이 있었다. 사람들은 그곳을 '배꼽마당'이라 불렀다. 아이들에게는 놀이터이자 만남의 장소였고, 어른들에게는 삶의 한 단면을 공유하는 공간이었다. 학교 수업을 마치고 집에 돌아오면, 나는 늘 그곳으로 향했다. 친구들이 기다리고 있었고, 부모님도 내가 어디 있는지 알았기에 염려하지 않으셨다.

배꼽마당에서는 자치기, 제기차기, 구슬치기, 딱지치기, 굴렁쇠 돌리기, 팽이치기, 땅따먹기 같은 놀이가 이어졌다. 여학생들은 고무줄놀이를 하며 웃음꽃을 피웠다. 그곳은 아이들의 세상, 현대식 놀이터와 다름없는 공간이었다.

그러나 배꼽마당은 단순히 놀이만의 장소가 아니었다. 발정이 난 암소와 마을에서 가장 힘센 황소가 교미하는 자리이기도 했다. 남녀노소가 모여들어 그 장면을 지켜보았고, 교미가 끝나면 암소는 다시 얌전해졌으며 황소는 암소를 그리워하며 울부

짖었다.

겨울이면 뺑튀기 아저씨가 찾아왔다. "뺑이요!" 하는 소리와 함께 터져 나온 하얀 튀밥은 아이들에게 작은 선물이었고, 설 명절을 앞둔 강정의 재료가 되었다. 보름이 다가오면 풍물놀이가 시작되어 꽹과리와 북, 장구와 징의 소리가 울려 퍼졌다. 액운을 쫓는 그 흥겨운 행사는 마을을 하나로 묶어 주었다.

명절이나 잔치가 있을 때면 배꼽마당은 또 다른 모습으로 변했다. 결혼식이나 회갑잔치를 앞두고 돼지를 잡는 자리였다. 장정들이 돼지를 끌고 와 앞뒤 다리를 묶고 목을 찔렀다. 돼지는 비통한 울음소리를 내며 숨을 거두었고, 그 고기는 잔치의 음식이 되었다. 삶과 죽음이 교차하는 현장이 바로 그 마당이었다.

사람이 세상을 떠나면 상여가 조립되는 곳도 배꼽마당이었다. 창고에 보관된 상여를 가져와 이곳에서 조립한 뒤 좁은 골목을 지나 산소로 향했다. 배꼽마당은 기쁨과 슬픔, 놀이와 의례가 함께하는 마을의 중심이었다.

딱지치기의 추억

배꼽마당의 가장 큰 즐거움은 딱지치기였다. 종이가 귀하던 시절, 딱지를 많이 가진 아이는 부의 상징처럼 여겨졌다. 시멘트 포장지를 잘라 만든 딱지는 잘 넘어가지 않아 더 많은 딱지를 딸 수 있었다. 해가 서산에 기울고 땅거미가 내려올 때까지 우리는 딱지에 몰두했다.

그러나 집에 돌아오면 저녁은 이미 끝나 있었다. 아버지의 꾸중이 기다렸고, 배고픔을 참지 못해 부엌을 뒤지면 밥솥에 밥 한 그릇이 남아있었다. 그것은 엄마가 남겨둔 사랑이었다. 그때는 몰랐지만, 지금에 와서야 그 마음을 알게 되었다.

아버지는 늘 해지기 전에 집으로 오라 하셨지만, 딱지치기의 재미에 빠져 그 말을 잊곤 했다. 밥을 굶으면서까지 딱지치기에 몰두했던 어린 날의 열정은 지금 생각해도 놀랍다.

어느 날, 나는 대부분의 딱지를 들고 배꼽마당으로 나갔다. 한두 살 많은 형과 딱지를 치며 승리를 거듭했다. 그러나 땅거미가 내려앉자 상황은 달라졌다. 어둠 속에서 형의 딱지는 좀처럼 넘어가지 않았다. 나는 가진 딱지를 모두 걸었지만 결국 거의 다 잃고 몇 장만 남았다.

그제야 알았다. 형의 딱지는 앞뒤가 같은 '야바위 딱지'였다. 어둠을 이용한 속임수였다. 돌려 달라 할 수도 없었고, 나는 눈물을 머금고 집으로 돌아왔다. 그날도 부엌에 남겨진 밥 한 그릇으로 허기를 달랬다.

그때 깨달았다. 가짜가 진짜를 이길 수도 있다는 사실을. 그 후로 딱지에 대한 관심은 줄어들었다. 아마 초등학교 3학년, 아니면 4학년 어느 가을이었을 것이다.

배꼽마당은 단순한 놀이터가 아니었다. 아이들의 웃음과 어른들의 잔치, 삶과 죽음의 의례가 모두 모여드는 마을의 중심이었다. 그곳에서 나는 놀이의 즐거움과 삶의 무게, 그리고 어머니의 사랑을 배웠다.

지금은 사라진 배꼽마당이지만, 그 기억은 여전히 내 마음속에 살아 있다. 그 시절의 추억은 소박했지만 아름다웠고, 어린 날의 배꼽마당은 내 인생의 배꼽처럼 중심을 이루고 있다.

보부상

―어머니와 기물장수

보부상이란 봇짐장수와 등짐장수를 말한다. 봇짐은 여성이 머리에 물건을 이고 다니며 판매하는 것이고, 등짐은 남성이 지게에 물건을 지고 다니며 파는 것이다. 그들은 마을 이집 저집을 돌며 생활필수품을 팔았다. 오늘날 슈퍼마켓이 그 역할을 대신하지만, 그 시절에는 보부상이야말로 가정에 필요한 물건을 구할 수 있는 유일한 길이었다.

읍내에는 5일마다 장이 섰지만, 여성이 먼 길을 걸어 시장을 보는 일은 쉽지 않았다. 시간적 여유도 없었고, 위험도 따랐다. 제사나 큰일에는 남자들이 장에 나갔지만, 사소한 물건은 보부상에게 의지했다. 젊은 여성이 혼자 시장에 가는 일은 거의 불가능했다.

보부상은 소쿠리, 생선, 그릇 등 다양한 물건을 들고 다니며 아낙네들의 구매욕을 자극했다. 대나무로 만든 소쿠리는 곡식을 담거나 운반하는 데 꼭 필요했기에 집집마다 필수품이었다.

소쿠리가 많으면 부의 상징으로 여겨지기도 했다.

점심때가 되면 보부상은 걸식으로 요기를 때우곤 했다. 마루에 앉아 보리밥 한 그릇과 풋고추, 된장으로 식사를 하고는 어머니와 담소를 나누었다. 외부와 단절된 시골 생활에서 어머니에게 보부상은 세상 소식을 전해주는 창이었다. 시어머니 흉을 보거나 시집살이의 고통을 털어놓는 시간, 그것은 작은 위로이자 스트레스 해소였다.

그러나 할머니의 눈길은 매서웠다. 새참 준비를 미루고 보부상과 이야기하는 어머니를 꾸짖는 모습도 있었다. 어머니가 보부상과 긴 담소를 나눈 이유 중 하나는 사고 싶은 물건이 있었지만, 돈이 없어 망설였기 때문이다. 돈 대신 쌀로 지불할 수 있었지만, 쌀독은 늘 할머니의 감시 아래 있었다. 그래서 할머니가 외출하거나 잠시 자리를 비우기를 기다리며 시간을 끌었던 것이다.

한 번은 할머니의 눈을 피해 꿀 두 병을 샀다. 병 가득 담긴 꿀은 보기만 해도 달콤해 보였지만, 그것은 가짜였다. 위에는 꿀이 조금 있었으나 아래는 설탕물이었다. 속아 넘어간 어머니의 마음은 씁쓸했을 것이다. 아마 이런 이유로 할머니는 늘 감시를 늦추지 않았을 것이다.

보부상이 전한 '기계과'

초등학교 저학년 시절, 학교에서 돌아오면 어머니는 보부상 아주머니와 이야기를 나누고 계셨다. "둘째 아들입니다." 어머니의 소개에 나는 인사를 하고 책보를 내려놓은 뒤 배꼽마당으로 달려갔다.

저녁에 집에 돌아오자 어머니는 내게 말했다. "보부상이 그러는데, 네가 기계과에 가면 좋겠다더라." 어머니는 '기계'를 '기갱'이라 발음하며 여러 번 반복해 기억해 두셨던 듯하다.

보부상 아주머니는 동네를 다니며 세상 변화를 전해주었다. 기계가 무엇인지 정확히 알지는 못했지만, 사회가 기계에 의해 달라질 것이라는 소식을 들었을 것이다. 그 말은 어린 내 마음에 깊이 새겨졌다.

나는 기계가 무엇인지 몰랐지만, 그 단어를 되새기며 자랐다. 중학교에 진학하면서 조금씩 기계를 이해하기 시작했고, 고등학교에서는 기계과 진학을 목표로 공부했다. 마을 선배님의 수학·

영어 과외도 큰 도움이 되었다. 결국 전문대학 기계과에 입학했고, 그 길을 통해 의식주를 해결하며 살아가고 있다.

보부상이 전해 준 작은 정보, 어머니의 지혜로운 전달. 그것은 내 인생의 방향을 바꾼 소중한 씨앗이었다.

보부상은 단순히 물건을 파는 장수가 아니었다. 그들은 세상 소식을 전해주었고, 아낙네들의 마음을 위로했으며, 때로는 아이들의 미래까지 암시해 주었다. 어머니와 보부상이 나눈 담소 속에는 삶의 고단함과 희망이 함께 있었다.

돌이켜 보면, 그 시절의 보부상은 단순한 상인이 아니라 시골 마을의 작은 신문이자 라디오였다. 그리고 그들이 전한 한마디가 내 삶을 바꾸었다.

불, 불조심

불은 삶을 지켜주는 동시에 삶을 앗아가는 존재였다. 어린 시절의 화재는 주로 산불과 주택 화재였다. 공장 화재라는 말은 들어본 적도 없었다. 산불은 겨울철 나무를 하던 중 추위를 달래기 위해 솔잎이나 낙엽을 태우다가 바람에 불씨가 날려 번지곤 했다. 불이 나면 마을 사람들은 모두 산으로 달려가 솔가지로 불을 껐다. 벌거벗은 산은 가연성 물질이 적어 불길이 크게 번지지 않았고, 주민들이 합심하면 쉽게 진화할 수 있었다.

산불로 묘가 그을리면 후손들은 볏단을 잘게 썰어 봉분 위에 뿌려 놓았다. 그렇게 하지 않은 묘는 후손이 끊어진 묘라 여겨졌다. 조상의 은덕에 보답하기 위해서라면 가장 먼저 해야 할 일이었다.

가정의 불은 아궁이에서 시작되었다. 장작이나 짚단, 보릿단을 연료로 밥을 짓고 소죽을 끓였다. 열량이 낮은 짚단은 끊임없이 공급해야 했고, 아궁이 곁에는 늘 땔감이 수북이 쌓여 있었다. 그러나 불길이 삐져나와 쌓아둔 땔감에 옮겨붙으면 화재가 발생했다.

화재가 나면 마을 사람들은 공동 우물가로 달려갔다. 여성들은 두레박으로 물을 퍼 올리고, 남성들은 물통을 들고 불길을 향했다. "불이야!"라는 외침에 모두가 힘을 합쳐 불을 껐다. 연기 흡입으로 생명을 잃는 일은 없었다. 연소 물질이 목재에 한정되어 있었기 때문이다. 소방차라는 단어조차 낯설던 시절, 불은 사람의 손과 자연의 힘으로 꺼냈다.

학교에서는 화재의 세가지 요소를 배웠다. 점화원, 산소, 가연성 물질. 산소를 차단하는 것은 불가능했으므로 물을 부어 가연성 물질을 적시는 것이 가장 확실한 방법이었다. 모래를 덮어 산소를 막기도 했지만, 시골 화재에서는 쉽지 않았다. 화재 진압 도구라야 방화수, 모래, 삽, 갈고리 정도였다. 갈고리는 불타는 물질을 뒤집어 물이 잘 스며들게 하는 데 큰 역할을 했다.

어린 시절 불을 끄며 자란 아이들은 어른이 되어도 불을 두려워하지 않았다. 그러나 지금의 화재는 다르다. 목재가 아닌 석유화합물이 타면서 독성가스를 내뿜는다. 한 모금만 마셔도 생명을 잃을 수 있다. 옛날의 화재가 재산 손실에 그쳤다면, 오늘날의 화재는 귀중한 생명까지 앗아간다.

그럼에도 불 교육은 여전히 물소화기 사용에 치중되어 있다. 그러나 더 중요한 것은 소화기를 들기 전에 유독가스를 막을 보

호구를 착용하는 일이다. 불은 두려움의 대상이 아니라 경계의
대상이다. "불조심"이라는 말은 단순한 구호가 아니라, 삶을 지
키는 가장 기본적인 습관이다. "세 살 버릇 여든까지 간다"는 속
담처럼 말이다.

사라지는 유물
—엿장수의 기억

골목 어귀에서 들려오던 철컥철컥 가위질 소리는 어린 시절의 설렘을 깨우는 신호였다. "엿 사세요, 엿 사세요." 엿장수의 목소리가 퍼지면 아이들은 마당을 두리번거리며 엿과 바꿀 만한 물건을 찾곤 했다. 헌 고무신이나 쓸모없는 고철이 있으면 달콤한 엿으로 바꿀 수 있었으니, 그것은 가난한 시절의 작은 행운이었다. 돈으로 간식을 사 먹는다는 것은 상상하기 어려운 때였다.

어느 날, 어린 동생은 할머니가 아직 신고 계시던 고무신을 몰래 가져다 엿으로 바꿔 먹었다. 이를 눈치챈 어머니는 엿장수에게 고무신을 되돌려 받고, 대신 엿 값만큼 돈을 지불해야 했다. 그만큼 엿은 아이들에게 유일한 단맛이자, 가난을 잠시 잊게 해주는 귀한 즐거움이었다.

엿장수는 고무신이나 고철보다 더 값어치 있는 탄피를 좋아했다. 낙동강 전투 지역과 가까웠던 우리 고장은 냇가나 들판에서 탄피를 심심찮게 발견할 수 있었다. 아이들은 하굣길에 냇가 바닥을 살피며 탄피를 찾았고, 때로는 총알이나 탄창까지 발견하기도 했다. 망치나 돌로 탄두를 분리해 화약을 빼낸 뒤, 탄피와 탄두를 엿으로 바꿔 먹는 일은 위험하지만 달콤한 유혹이었다.

그러나 그 위험은 곧 비극으로 이어졌다. 철없는 후배가 수류탄을 분해하려다 폭발 사고가 일어나 팔과 눈을 잃었고, 구경하던 아이들마저 파편에 다쳐 수술을 받아야 했다. 학교에서는 성금을 모아 도왔지만, 그 아이의 청소년기는 장애와 놀림 속에서 시작되었다. 또 다른 마을에서는 '만년필 수류탄'이라 불리던 폭발물로 인해 손가락과 눈을 잃은 선배도 있었다. 엿을 얻기 위해 전쟁의 잔재를 만지던 아이들의 욕망은 때로는 삶을 송두리째 바꾸는 불운으로 이어졌다.

세월이 흐르면서 엿장수의 역할도 변했다. 처음에는 고철이나 헌 고무신을 받아 갔지만, 점차 집안의 놋그릇, 인두 다리미, 호롱불 등 생활 도구와 농기구까지 요구하기 시작했다. 산업화가 진행되며 새로운 기물이 등장하자, 전통적인 기물들은 엿장수의 손에 하나둘 넘어갔다. 홀태기 같은 농기구도 엿 몇 가락에 내어 주어야 했고, 그 과정에서 조상 대대로 내려오던 유물은 점차 사라졌다.

엿장수는 시대의 흐름 속에서 생존하기 위해 부단히 노력했을 것이다. 그러나 지금에 와서 돌이켜 보면, 우리는 값어치 있는 조상의 유물을 지켜내지 못했다. 조상의 얼이 담긴 물건을 엿 몇 가락에 내어주었다는 사실은 안타까운 기억으로 남는다. 엿장수의 가위질 소리에 설레던 어린 시절의 추억은 달콤했지만, 그 달콤함 뒤에는 전쟁의 상흔과 산업화의 그늘이 함께 드리워져 있었다.

생명의 은인

초등학교 5학년 여름, 나는 중학교 진학을 앞두고 특별반에 편성되었다. 부모님은 담임선생님의 권유에 따라 보충수업을 허락하셨고, 우리는 거의 매일 시험을 치르며 진학 준비에 매달렸다. 시험은 네 지문 중 하나를 고르는 방식이었고, 문제를 틀리면 손바닥에 매질을 당하는 것이 일상이었다. 어린 마음에 긴장과 두려움이 늘 함께했다.

보충수업이 끝나자 여름방학이 시작되었다. 그러나 방학이라기보다는 또 다른 수업의 연장이었다. 한 달 동안 과외수업이 이어졌고, 우리는 아침에 등교해 점심 무렵에야 집으로 돌아갔다. 그러던 어느 날, 선생님께서 볼 일이 있어 자율수업으로 대체한다고 하셨다. 그 순간, 내 안의 반항심과 영웅심이 고개를 들었다. 나는 옆 반 친구들과 함께 수업을 빼먹자고 제안했고, 결국 우리는 집으로 향했다.

하지만 집에 일찍 들어가면 부모님께 꾸중을 들을 것이 두려왔다. 그래서 친구들과 함께 이웃 동네 연못으로 발걸음을 돌렸다. 가뭄으로 물은 그리 깊지 않았고, 우리는 가방과 옷을 둑 위에 올려놓은 채 헤엄을 시작했다. 불과 10미터 남짓한 거리였기에 대수롭지 않게 생각했다.

그러나 둑에 거의 다다른 순간, 나는 갑자기 물에 빠지고 말았다. 불과 1미터 남짓한 거리에서 몸이 가라앉았다. 친구들이 차례로 나를 구하려 뛰어들었지만, 나는 본능적으로 그들을 꽉 붙잡아 오히려 함께 위험에 빠질 뻔했다. 물에 빠진 사람은 지푸라기라도 잡는다는 말처럼, 나도 그렇게 필사적으로 매달렸다.

그때 또 다른 친구가 물속으로 뛰어들어 나를 반대 방향으로 힘껏 밀어주었다. 그 탄력 덕분에 나는 간신히 몸을 가누며 개구리헤엄을 쳤고, 연못 바닥에 손이 닿는 순간 살아났다는 안도감이 밀려왔다. 죽음의 문턱에서 돌아온 것이다.

다음 날, 수업을 빼먹은 대가가 기다리고 있었다. 옆 반 친구들은 엉덩이에 매질을 당했고, 그 소리가 판자 교실을 울리며 우리 반에도 생생히 들려왔다. 우리 반은 손바닥 매질로 끝났지만, 나는 괜히 친구들을 곤란하게 만들었다는 죄책감에 "미안하다, 미안하다"는 말만 되뇌었다.

그날 연못에서 나를 구해준 친구는 지금도 내 마음속에 '생명의 은인'으로 남아있다. 어린 시절의 무모한 반항심이 불러온 위기 속에서, 친구의 용기와 희생이 나를 살렸다. 인생을 살아가며 수많은 사람을 만나지만, 목숨을 건져준 은인의 존재는 결코 잊을 수 없다.

생일잔치

어릴 적 우리 마을에는 특별한 풍습이 있었다. 할아버지나 할머니의 생신날이면 아침 일찍 동네를 돌며 이웃들에게 알렸다. "오늘은 우리 집 어르신 생신입니다. 아침 식사하러 오세요." 나는 동네 좌측을, 동생은 우측을 맡아 이웃집 대문을 두드렸다. 그러면 이웃들은 기꺼이 발걸음을 옮겨 생일상에 함께했다. 손님이 많을 때는 마당에 상을 펴고 음식을 나누어 먹었다.

할아버지 생신에는 할아버지의 친구들이, 할머니 생신에는 할머니의 친구들이 모여들었다. 그렇게 생신상을 차려 동네 주민들과 함께 나누는 풍습은 오래전부터 이어져 내려온 것이었다. 마을 사람들은 서로의 생신을 기억하고, 초청하며, 음식을 나누는 미덕을 소중히 지켰다.

그러나 세월이 흐르면서 풍경은 달라졌다. 의식주가 해결되고 생활이 나아지자, 예전처럼 생일상에 모여드는 이웃은 점점 줄어들었다. 참석하겠다는 답변보다 불참한다는 답변이 많아졌고,

나는 은근히 '우리 집 어른들이 마을에서 인기가 사라져 가는 것
은 아닐까' 하는 걱정을 품기도 했다.

결국 마을 한 바퀴를 돌아도 참석자보다 불참자가 많아졌
다. 농경사회가 발달하며 배고픔을 스스로 해결할 수 있게 되었
고, 들에서 일하다 배고프면 중국집에 음식을 시켜 먹는 문화가
자리 잡았다. 경제적 여유가 생기면서 생일은 가족끼리만 지내는
날로 바뀌어 갔다.

내가 성인이 되었을 때는 이미 이웃과 함께하는 생일잔치는
사라지고 없었다. 산업화와 대량생산이 가져온 풍요로움 속에
서, 공동체가 함께 나누던 따뜻한 풍경은 점점 희미해졌다.

생신날 큰 가마솥에 끓이던 닭개장, 돼지고기로 만든 돼짓국,
떡과 부침개, 흰 쌀밥이 전부였지만, 이웃과 함께 나누던 그 모
습은 참으로 정겨웠다. 경제적 여건이 나아지면서 초청하지도,
초청받지도 않는 시대가 되었지만, 배고픔을 함께 나누고 서로
의 생일을 기꺼이 축하하던 그 풍습은 내 마음속에 오래도록 남
아있다.

소풍과 매원마을

봄과 가을, 초등학교 시절의 소풍은 매원저수지 인근 산에서 이루어졌다. 김밥 몇 줄과 삶은 계란, 그리고 귀한 사이다 한 병이 전부였던 소풍 도시락은 지금 생각해도 소박하면서도 따뜻하다. 가을이면 삶은 땅콩이나 고구마가 더해지고, 형편이 나은 집에서는 삶은 밤까지 준비해 오기도 했다. 간혹 용돈을 받아 과자를 사 먹을 때도 있었지만, 과자를 가져오는 학생은 드물었다.

매원마을을 지나 숲에 도착하면 보물찾기와 반별 노래자랑이 이어졌다. 돌 틈이나 나뭇가지 사이에 숨겨진 종이를 찾으면 상품을 받을 수 있었지만, 나는 단 한 번도 그 행운을 잡지 못했다. 노래자랑 역시 마찬가지였다. 친구들의 권유에도 불구하고 무대에 서지 못한 채, 늘 다른 이들의 노래를 듣기만 했다.

소풍에는 늘 사진기를 둘러멘 어른이 따라왔다. 반별 점심 자리와 웃음 가득한 순간들을 사진으로 남겨 주었고, 인화된 사진은 학년별로 돌려 보았다. 사진 뒷면에 이름을 적어 신청하면 며칠 뒤 받아볼 수 있었는데, 그 사진들은 오랫동안 추억으로 남았다. 김밥과 계란을 나누어 먹고, 사이다를 꺼내어 친구들과 나누던 점심시간은 지금도 선명하다. 사이다 한 모금 뒤에 터져 나오는 트림 소리조차 어린 시절의 명품이었다.

그러나 자유시간에 산을 오르다 보면 뜻밖의 풍경을 마주했다. 벌거벗은 산 곳곳에 크고 작은 구덩이가 있었고, 그 주변에는 철모, 탄띠, 군번줄, 낡은 군복과 전투화가 흩어져 있었다. 심지어 사람의 뼈까지 발견되기도 했다. 어린 시절에는 그것이 전쟁의 흔적이라는 사실을 알지 못한 채, 그저 산에는 원래 그런 구덩이가 많다고만 생각했다.

매원마을은 역사와 전통을 지닌 곳이었지만, 6·25 전쟁 당시 북한군 지휘부가 주둔하면서 폭격을 당해 많은 유물과 유적이 사라졌다. 매원저수지를 지나 황학산을 넘어 유학산에 이르면, 바로 다부동 전투가 벌어졌던 자리다. 수많은 군인들이 그 길에서 희생되었을 것이다.

나는 전쟁터를 직접 목격하지는 않았지만, 참호 주변에서 발견한 구멍 난 철모와 낡은 군복, 부식된 숟가락, 고향으로 돌아가지 못한 유골을 보며 전쟁의 참혹함을 어렴풋이 느꼈다. 이름과 군번이 새겨진 인식표는 주인을 기다리다 결국 산속에 남겨졌고, 그 군인들은 가족의 품으로 돌아가지 못한 채 행방불명으로 기록되었을 것이다.

세월이 흐른 지금, 그때 내가 발견한 군번줄을 신고할 제도가 있었다면 얼마나 많은 이들이 '전사자'로 기록될 수 있었을까 하는 아쉬움이 남는다. 이름 없는 유골, 돌아가지 못한 군번줄은 전쟁이 남긴 비극의 상징이었다.

수학여행

초등학교 시절의 소풍은 언제나 가까운 뒷동산이나 인근 경치 좋은 곳에서 이루어졌다. 그러나 5학년 가을, 특별한 하루가 기다리고 있었다. 바로 구미 금오산으로 떠나는 수학여행이었다. 평소 걸어서만 다니던 우리에게 열차를 타고 이동한다는 사실은 그 자체로 큰 설렘이었다.

여행 당일, 보슬비가 내렸지만 걷기에 적당한 날씨였다. 부모님은 보자기에 김밥과 삶은 계란, 사이다 한 병을 정성껏 싸 주셨고, 할아버지와 할머니는 작은 용돈을 쥐여 주셨다. 친구들과 함께 읍내까지 걸어 왜관역에 도착했을 때, 이미 마음은 들떠 있었다.

완행열차에 몸을 싣고 구미역에 도착한 뒤, 금오산 입구까지 줄을 맞추어 걸어갔다. 그러나 그 길에는 낯선 건장한 어른들이 우리를 뒤따랐다. 이유를 알 수 없는 동행이었지만, 어린 마음에는 묘한 긴장과 호기심이 일었다.

금오산 입구에 도착하자 비가 굵어져 정자 '채미정'에 모여 점심을 먹었다. 김밥과 계란을 나누며 추위를 달래던 그때, 정자 옆에는 야바위 아저씨가 자리를 잡고 있었다. 짧은 실과 긴 실을 이용한 간단한 놀이였지만, 돈을 걸고 맞추면 몇 배로 돌려준다는 말에 친구들의 눈빛은 호기심으로 반짝였다.

선생님은 여러 차례 주의를 주며 자리를 떠나라고 했지만, 아저씨는 막무가내였다. 결국 몇몇 친구가 도전했고, 누군가는 돈을 따기도 했다. 그 소문은 금세 퍼져 나도 모르게 나 역시 손을 뻗었다. 그러나 결과는 패배였다. 긴 실을 잡았다고 확신했지만, 당겨보니 짧은 실이었다. 두 번째, 세 번째 도전도 마찬가지였다. 결국 할아버지와 할머니가 주신 용돈을 모두 잃고 말았다.

그때는 그것이 '야바위'라는 속임수라는 사실을 알지 못했다. 단지 내가 선택을 잘못했을 뿐이라고 생각했다. 긴 실은 분명히 존재한다고 믿었지만, 실상은 두 개 모두 짧은 실이었고 긴 실은 교묘히 감추어져 있었다. 어린 마음은 속임수의 본질을 알지 못한 채, 단지 운이 없었다고 자책했다.

즐겁게 뛰어놀며 추억을 쌓아야 할 수학여행은 야바위로 인해 씁쓸한 기억으로 남았다. 그러나 그 경험은 내게 중요한 깨달음을 주었다. 세상에는 단순한 놀이처럼 보이지만 속임수가 숨어 있는 일들이 있다는 것, 그리고 호기심과 욕심이 때로는 소중한 것을 잃게 만든다는 사실이었다.

돌아오는 열차 안에서 나는 여전히 긴 실을 뽑을 수 있었을 텐데 하는 미련을 버리지 못했다. 하지만 시간이 흐른 지금, 그 날의 경험은 단순한 실패가 아니라 인생의 작은 교훈으로 남아 있다. 수학여행의 추억은 김밥과 사이다의 달콤함, 친구들과의 웃음뿐 아니라, 야바위 아저씨와의 씁쓸한 기억까지 함께 담겨 있다. 그것이 바로 어린 시절의 수학여행이 내게 남긴 진짜 이야기다.

에너지의 변화

초등학교 시절, 우리 집 난방과 취사에 쓰이던 땔감은 볏짚, 밀짚, 보릿짚이었다. 풍구에 왕겨를 넣어 불을 지피기도 했고, 고 춧대나 콩대, 솔가리, 낙엽, 죽은 나뭇가지와 잡초, 마른 잎을 모 아 불을 피웠다. 형편이 나은 집에서는 장작을 땔감으로 사용했 는데, 그 불길은 오래가고 따뜻했다.

사방사업이 본격적으로 시행되면서 산에는 어린 묘목을 심기 위해 잡목을 베어내는 벌목작업이 이루어졌다. 그때 베어낸 나무 는 땔감으로 쓰였고, 몇 년 동안 우리 마을의 겨울을 지켜주었 다. 자연에서 얻은 땔감은 연기를 내뿜었지만 치명적인 독성은 없었기에, 사람들은 위험을 크게 의식하지 않았다.

그러나 시대가 변하면서 연탄이 등장했다. 연탄은 편리했지 만, 그 속에는 보이지 않는 위험이 숨어 있었다. 연소 과정에 서 발생하는 일산화탄소는 사람의 목숨을 앗아갔고, 연탄가스 중독이라는 새로운 단어가 세상에 퍼졌다. 산림단속이 강화되

면서 나무를 구하기 어려워진 주민들은 점차 연탄에 의존하게
되었다.

겨울이면 창고에 연탄을 가득 쌓아두는 것이 부자의 상징이
었다. 연탄 아궁이에 불을 붙이면 구들장을 타고 방바닥이 데워
졌다. 장작불은 순간적인 열량이 높아 방 전체를 덥혔지만, 연탄
은 오랫동안 타면서도 아랫목만 따뜻하게 했다. 밤새 온기를 유
지하는 장점이 있었지만, 작은 틈새로 스며든 가스는 생명을 위
협했다.

연탄 중독 사고가 잦아지자 연탄보일러가 개발되었다. 배관
속 물을 데워 방 구석구석을 따뜻하게 하는 방식은 획기적이었
다. 연탄가스는 연통을 통해 밖으로 빠져나가 사고를 줄였다.
도심 아파트에서 시작된 연탄보일러는 농촌에도 보급되었고, 산
에 나무하던 나무꾼은 점차 사라졌다. 연탄을 갈아주는 남편은
최고의 남편으로 불리며 사랑받았다.

그러나 연탄의 시대는 오래가지 않았다. 석유가 등장하면서
연탄은 퇴출의 길을 걸었다. 석유곤로, 석유보일러, 석유난로가
생활 속으로 들어오며 편리함을 가져다주었지만, 그만큼 위험도
커졌다. 연탄 사고는 몇 명에 그쳤지만, 석유 사고는 폭발과 대
형 화재로 수많은 생명을 앗아갔다.

오늘날 우리는 천연가스와 전기를 사용하며 편리한 생활을
누린다. 하지만 여전히 석유 제품은 우리 곁에 있다. 작은 실수

로 화재가 발생하면 그 연소 과정에서 나온 가스는 치명적이다. 한 모금만 마셔도 생명을 잃을 수 있다는 사실을 잊지 말아야 한다.

나는 봉사활동으로 유치원 어린이들에게 소화기 사용법을 알려주며 훈련을 돕는다. 그러나 늘 아쉬움이 남는다. 불을 끄는 방법만 알려줄 뿐, 화재 시 발생하는 연기의 위험성은 충분히 설명하지 못하기 때문이다. 불길보다 더 무서운 것은 보이지 않는 연기와 가스라는 사실을 아이들이 알았으면 한다.

에너지의 변화는 우리의 삶을 편리하게 만들었지만, 동시에 새로운 위험을 가져왔다. 시대마다 다른 땔감과 연료가 우리의 생활을 지탱했지만, 그 속에 숨어 있는 위험을 잊지 않고 슬기롭게 대처하는 것이 진정한 지혜일 것이다.

우물

　우리 동네에는 우물이 세 곳 있었다. 하나는 동네 한가운데 배꼽마당 앞쪽에 있는 큰 공동우물이었고, 이를 중심으로 동쪽과 서쪽에 각각 작은 우물이 하나씩 있었다. 이 우물들은 주민들이 식수로 사용하거나 빨래를 하는 데 쓰이며 생명수 역할을 했다.

　어린 시절 우리 가족이 사용한 우물은 동네 한가운데 위치한 큰 우물이었다. 돌을 쌓아 만든 원형 축대 사이로 물이 스며들어 사철 넉넉했으며, 주변에 미나리꽝 논이 있어 물을 정화해 항상 맑고 깨끗하고 맛도 좋았다.

　엄마는 양동이로 물을 길어 식수와 음식에 사용했고, 물이 많이 필요할 때는 물지게로 운반했다. 그러나 공동우물은 남자가 접근할 수 없는 금남지역이었기에 아버지를 도울 수 없었다. 여자들만이 우물가에서 담소를 나누거나 세수를 하는 공간이었고, 남자는 쉽게 들어갈 수 없는 곳이었다.

여름철 무더위에도 남자들은 우물가에서 몸을 씻을 수 없었고, 엄마가 길어온 물로 더위를 식혀야 했다. 명절이나 잔치처럼 물이 많이 필요한 날에는 예외적으로 남자들이 도울 수 있었지만, 평소에는 물의 책임이 엄마에게 있었다. 어린 시절 엄마를 돕기 위해 물지게에 물을 담아 오다 흘려버려 집에 도착하면 양동이에 물이 거의 남지 않았던 기억도 있다.

1960년대 중반, 인구 증가로 물 사용량이 늘면서 풍부하던 우물이 점차 마르기 시작했다. 주민들은 물을 효율적으로 쓰기 위한 자구책을 마련했고, 산업 발달로 시멘트 흄관이 보급되면서 돌 축대 대신 흄관을 이용한 우물이 등장했다. 흄관은 토사 붕괴 위험이 없어 안전하고 비용과 시간을 절약할 수 있어 각 가정에서 우물을 파기 시작했다.

우리 집도 부엌 가까이에 흄관을 이용해 우물을 팠다. 흄관을 차례로 넣어 내려가다 5~6개쯤 되었을 때 지하수가 스며들기 시작했다. 자갈을 넣어 찌꺼기를 침전시킨 뒤 물을 퍼내어 식수로 사용했다. 두레박으로 길어 올린 물은 식수뿐 아니라 여름철 샤워에도 쓰였다. 여자들은 주로 야간에 사용했지만, 점차 낮에도 샤워를 하게 되었고, 어느 날 이웃이 불쑥 들어와 샤워 중인 모습을 보고 민망해한 일도 있었다. 이후 낮에는 대문을 닫고 샤워를 했다.

우물을 집 가까이에 두게 되면서 삶의 질은 크게 향상되었다.

언제든 물을 사용할 수 있어 몸과 옷을 깨끗하게 유지할 수 있었고, 이와 같은 해충도 점차 사라졌다. 그러나 물 사용량은 예전보다 수십 배로 늘어났고, 사용한 물은 마당을 거쳐 대문 밖으로 흘러갔다. 마당은 추수할 수 있는 중요한 공간이었기에 가장자리에 하수관로를 설치해 음식 찌꺼기와 빨래 후 생긴 오물을 배출했다.

하지만 하수관로에는 예상치 못한 문제가 생겼다. 시궁창 쥐가 서식하며 사람들을 괴롭히기 시작한 것이다. 지금 생각해보면 돌로 쌓은 우물은 환경오염이 없었지만, 콘크리트 흄관 우물은 시멘트 성분이 있어 인체에 해로웠을 가능성이 있다.

이후 우물을 파는 기술도 발전했다. 천공기가 발달하면서 힘들게 우물을 파지 않고 지하수층까지 구멍을 뚫어 개발할 수 있었고, 작두 펌프를 이용해 물을 퍼 올렸다. 흄관을 넣을 필요가 없어 간단하고 손쉽게 지하수를 사용할 수 있게 되었다.

우물은 단순한 물의 공급처가 아니었다. 그것은 마을의 중심이자 생활의 터전이었고, 시대의 변화와 함께 우리 삶의 질을 바꾸어 놓았다. 돌로 쌓은 우물에서 흄관 우물, 그리고 천공기로 뚫은 지하수까지 우물은 곧 우리 삶의 역사였다.

전학 오는 친구

초등학교 2학년 가을, 우리 마을에 또래 친구가 이사를 온다는 소문이 돌았다. 어떤 친구일까, 키는 클까, 덩치는 어떨까 — 궁금증은 날마다 커져 갔다. 하굣길에는 일부러 이사 올 집 앞을 지나며 상상에 젖곤 했다.

드디어 초가을의 선선한 바람이 불던 어느 날, 소달구지에 짐을 가득 실은 가족이 마을 어귀에 도착했다. 그 짐은 쌀과 옷, 이불, 솥과 밥그릇 같은 생활의 필수품뿐이었다. 그러나 그 속에는 특별한 것이 하나 더 있었다. 바로 삶아 나누어 먹을 고구마였다. 그것은 아들이 친구들과 잘 어울리기를 바라는 어머니의 마음이 담긴 선물이기도 했다.

그 시절, 우리 마을은 경부선 국도가 지나가는 길목이었다. 지나가는 청년들에게 괜히 시비를 거는 것이 관행처럼 이어져 내려왔고, 어린 나도 그것을 정의로운 행동이라 착각하며 '골목대장'이라는 이름을 마음속에 품고 있었다. 하지만 새로운 친구가 이사 오면서 그 마음은 흔들렸다. 키도 크고 믿음직스러운 친구를 어떻게 맞이해야 할지 고민이 깊어졌다.

며칠 뒤, 친구의 어머니는 마을 아이들을 하나하나 초대했다. "우리 아들과 친하게 지내 달라"는 당부와 함께 김이 모락모락 나는 삶은 고구마를 소쿠리에 담아 내놓았다. 그 순간, 나는 고구마를 조금이라도 더 먹고 싶은 욕심에 작은 것을 먼저 먹고, 남은 것 중 가장 큰 것을 집어 들었다. 결과적으로 친구들보다 반개쯤 더 먹을 수 있었지만, 그보다 오래 남은 것은 고구마의 맛이 아니라 어머니의 지혜였다.

넉넉하지 않은 짐 속에서도 아이들의 우정을 위해 고구마를 준비한 마음, 그것은 단순한 음식이 아니라 따뜻한 배려였다. 그날의 고구마는 지금도 잊히지 않는다. 친구 어머니의 지혜와 사랑은 작은 마을의 아이들에게 큰 울림을 주었고, 나에게는 오래도록 존경의 기억으로 남아있다.

전학 취소

초등학교 5학년 초겨울, 사랑방에서 삼촌과 아버지, 그리고 할아버지의 대화가 오갔다. 졸업 후 5학년 겨울방학이 끝나기 전 대구의 초등학교로 전학을 보내자는 이야기였다. 좋은 중학교와 고등학교를 거쳐 훌륭한 직장에 취직할 수 있도록 길을 열어주려는 할아버지의 뜻이었다. 삼촌은 이미 대구상고를 졸업하고 은행에 취직하여 성공한 인물이었기에, 그 길을 따라가라는 기대가 담겨 있었다.

나는 삼촌 댁을 방문하여 앞으로 지낼 공부방과 집 구조를 살펴보았다. 시골에서는 볼 수 없던 도시의 양옥집, 잘 정돈된 거리, 그리고 낯선 분위기 속에서 적응할 수 있을까 하는 걱정이 앞섰다. 숙모의 표정은 그리 반갑지 않았고, 나 역시 부담스러웠다. 목욕탕에서 삼촌과 함께 몸을 씻으며 도시의 생활을 조금이나마 경험했지만, 때가 덕지덕지 낀 내 모습은 스스로를 더욱 초라하게 만들었다.

집으로 돌아온 뒤에도 마음은 편치 않았다. 시골 친구들과 헤어져야 한다는 서운함, 도시에서 '촌놈'이라 놀림 받을까 두려운 마음, 그리고 삼촌 댁에서 숙식하며 눈치를 봐야 하는 부담이 나를 짓눌렀다. 결국 겨울방학이 끝나기 하루 전, 아버지께 전학을 취소해 달라고 눈물로 호소했다. 아버지는 내 마음을 받아들였고, 할아버지께 전학을 취소한다고 말씀드렸다.

다음 날, 나는 평소처럼 학교에 등교했다. 친구들에게 전학 이야기를 한 적이 없었기에 자연스럽게 어울릴 수 있었다. 지금 생각해도 그때 전학을 가지 않은 것은 최고의 선택이었다. 엄마 품에 안겨 공부하는 것이 가장 행복한 길이었다.

세월이 흘러 성인이 되어 자식을 키울 때에도 나는 전학을 시키지 않았다. 아이는 부모 곁에서 자라야 한다는 믿음이 그때의 경험에서 비롯된 것이다.

그리고 또 하나, 삼촌 댁에서 본 냉장고는 내게 깊은 인상을 남겼다. 문을 열면 빵과 갖가지 음식이 가득 차 있었다. 어린 나는 모든 음식이 냉장고에서 저절로 나오는 줄 알았다. 냉장고는 신비한 마술 상자 같았고, 어른이 되면 반드시 사고 싶은 물건 중 하나였다.

체력장

중학교 입학시험은 필기시험과 체력장으로 이루어졌다. 체력장에는 달리기, 턱걸이, 제자리 멀리 뛰기가 필수였다. 입학 점수에 체력장이 얼마나 반영되는지는 몰랐지만 우리는 열심히 운동했다.

체육시간이나 여유가 있을 때마다 70~80m 달리기, 제자리 멀리 뛰기, 턱걸이 연습을 했다. 목표는 턱걸이 10개였지만 어떤 친구는 한 개도 못 했다. 여학생은 턱걸이 대신 철봉에 매달려 있는 것으로 시험을 치렀다.

드디어 입학시험 날이 다가왔다. 이론 시험은 기억나지 않지만, 체력장에서 있었던 일은 선명하다. 달리기와 턱걸이를 마치고 제자리 멀리 뛰기를 기다렸다. 앞 친구가 구령에 맞춰 뛰었고, 내 차례가 되었다. 나는 고무신을 벗고 맨발로 뛰었다.

다른 친구보다 멀리 뛰었다고 칭찬을 기대했지만, 선생님은 내 발등을 회초리로 때렸다. 발등에 새까만 때가 낀 것을 보고

혼을 낸 것이다. 순간 시험에 떨어질까 걱정하며 발표일을 기
다렸다.

　며칠 후 발표일, 운동장 앞 커다란 용지에 합격자 명단이 붙
었다. 조마조마한 마음으로 확인하니 내 이름도 있었다. 발등
의 때와는 상관없이 합격이었다. 그제야 안도의 한숨을 내쉴 수
있었다.

성당으로 가는 길

—첫 영성체

우리 집은 대대로 성당과 깊은 인연을 맺어왔다. 아버지는 유아 영세를 받을 만큼 신앙심이 깊었고, 할아버지는 마을 삼청동 회장으로 성당 발전에 크게 기여한 분이었다. 성당 신축 때에도 많은 기부를 하셨으며, 할머니와 함께 열렬한 신자로 존경받았다. 부모님 역시 성당에 감투는 없었지만 늘 성실히 다니셨다.

나도 유아 때 세례를 받았고, 초등학교 입학 전까지는 할아버지와 함께 자전거를 타고 성당에 다녔다. 초등학교 3학년이 되던 해, 드디어 첫영성체를 맞았다. 세례를 받은 신자가 처음으로 성체를 모시는 순간, 그것은 어린 나에게도 의젓한 신자로 성장하는 중요한 의식이었다.

첫영성체를 위해서는 3년 동안 주일 교리학교를 다녀야 했다. 그러나 우리 마을에는 또래 신자가 거의 없어, 나는 늘 혼자 읍내 성당에 가야 했다.

성당에 도착하면 읍내 친구들은 나를 반겨주기보다는 촌놈이라 놀릴 것 같아 기가 죽었다. 검정 고무신에 맨발, 발가락마다 눌어붙은 때, 땀에 젖은 옷차림은 스스로를 더욱 초라하게 만들었다.

그나마 위안이 된 것은 교리 후에 나누어 주던 간식이었다. 건조된 우유 한 숟가락, 옥수숫가루 한 숟가락은 어린 나에게 잊을 수 없는 맛이었다. 그 맛을 친구에게 설명하며 함께 교리에 참여하도록 권유하기도 했다. 그러나 함께 가던 친구가 철길 터널 벽에서 떨어져 코피를 흘린 사건은 큰 충격이었다. 그 후로는 친구와 함께 성당에 가는 일도 거의 사라졌다.

우여곡절 끝에 교리를 마치고 초등학교 3학년 때 첫영성체를 했다. 그 순간부터 미사 시간에 성체를 모실 수 있었고, 나는 신자로서 한 단계 성장했다. 하지만 시간이 지나면서 성당 생활에 대한 부담도 커졌다. 미사에 한 번만 빠져도 고해성사를 해야 한다는 의무감, 조금만 잘못해도 성사를 해야 한다는 압박은 어린 마음에 거부감을 남겼다. 성당에서 나누어 주던 구호물자와 옥수수 우유도 점차 부정적으로 느껴졌고, 성당에 다니지 않는 친구들의 놀림은 나를 더욱 위축시켰다.

첫영성체는 내게 신앙의 시작이자 성장의 이정표였다. 그 기억은 지금도 내 마음속에 깊이 남아있다.

진학을 위한 체벌

초등학교 5학년부터 중학교 입학을 위해 담임선생님께서 정상 수업을 마친 후 중학교 진학 학생을 대상으로 보충수업을 하는 등 중학교 입시를 위해 많이 노력하고 계셨다. 선배들은 한 반으로 편성하여 수업하였으나 우리 때부터 두 개 반으로 편성하였으며, 진학대상은 학급의 반 정도인 30명 내외로 추정된다. 초등학교 4학년까지는 성적과 공부에 별 관심은 없었지만 5학년 때부터 상황이 달라지기 시작하였다.

보충수업을 하고 있는 진학대상 30여 명 전부 중학교로 진학할 수는 없다. 결국은 시험에 합격해야만 진학할 수 있다. 내 자신도 중학교 진학에 매진하였으며 공부에 지장을 주는 성당에 가거나 아버지의 농사일을 돕지 않아도 "공부합니다."라고 하면 그것으로 더 이상 묻지 않았다. 우리 때부터 상당히 많은 사람이 태어난 베이비 붐 세대의 진학 경쟁은 치열하였다. 농사에 종사하는 부모님께서도 학업에 대한 필요성과 진학에 대한 관심을 두고 계셨다.

어느 날 시험을 치른 뒤, 나는 선생님께 "다섯 대"라고 말했고, 옆 친구는 다섯 대 이상인 "00대"라고 대답했다. 반항심이었는지, 무심코 한 말이었는지 알 수 없지만, 선생님은 끝까지 매질을 하셨다. 친구의 손바닥은 피멍이 들었고, 그 고통을 참아내는 모습은 지금도 아련하게 남아있다.

그때 매를 맞은 친구와 이야기를 나누면, 여전히 선생님에 대한 불신이 가득하다. 훌륭한 선생님이었지만 감정을 다스리지 못한 순간이 남긴 상처는 깊었다. 초등학교 모임에서 추억을 이야기할 때도, 그 친구가 있으면 교정에서 뛰놀던 즐거운 기억은 꺼내지 않는다. 나쁜 기억이 좋은 기억을 덮어버렸기 때문이다.

체벌은 단순히 손바닥의 통증으로 끝나지 않았다. 그것은 마음속 깊은 곳에 두려움과 상처를 남겼다. 공부의 열정과 경쟁 속에서 체벌은 교육의 도구가 아니라 공포의 상징이었다. 지금에 와서 돌이켜보면, 그 시절의 체벌은 우리에게 남긴 상처가 너무도 크다.

친구 아버지와의 대화

　내 가장 가까운 친구는 담을 경계로 앞집에 살고 있었다. 외양간 옆 흙담은 세월 속에 서서히 무너져 마음 놓고 친구 집을 넘나들 수 있었다. 우리 집 대문을 닫아도 허물어진 담으로 넘어올 수 있어 안심하고 늦은 시간까지 놀다 올 수 있었다.

　내가 철이 들면서부터 친구 집에 자주 가게 되었다. 친구 집에 가면 친구보다 친구 아버지가 나를 반겨 주었고, 대화를 많이 나누었다. 내가 방문하면 친구 아버지는 어머니를 시켜 제철 음식인 감자, 고구마 등을 가져오게 하여 함께 먹곤 했다. 친구 아버지가 계시지 않을 때에는 친구와 소꿉장난을 하며 시간을 보냈다.

　어떤 때에는 간식을 먹는 시간에 맞추어 가기도 했다. 앞뒷집 사이로 부엌에서 감자나 고구마를 삶을 때 익어가는 구수한 냄새가 나면 그때 친구 집에 가곤 했다. 가끔은 친구 어머니가 못마땅한 표정을 짓기도 했다. 그래서 미안한 마음에 우리 집에 잔치나 제사가 있을 때에는 친구를 초대하여 음식을 나누어 먹거나 담아 가져다주기도 했다. 얻어먹는 미안한 마음 때문에 더욱 적극적으로 친구를 초대했다.

친구 아버지는 나를 귀여워하며 음식을 나누어 먹기를 좋아했고, 이야기도 즐겁게 나누었다. 가정 형편은 우리 집보다 못했지만, 나에게는 정이 넘치는 이웃이었다. 이런 일이 반복되던 어느 날, 친구 어머니가 "먹을 음식이 있을 때만 놀러 온다"며 얌체 같다는 말을 했다.

그 말을 들은 나는 발걸음이 뜸해지기 시작했고 방문을 자제했다. 나 자신도 음식이 있을 때 찾아간다는 생각에 미안한 마음이 들었다. 만약 그 음식이 주식이었다면 더더욱 미안했을 것이고, 친구 어머니의 마음도 이해가 되었다.

나는 친구 아버지가 나를 좋아한 이유가 궁금했다. 자기 아들도 있는데 왜 나를 더 예뻐했을까. 친구 아버지는 오랜 기간 군대 생활을 하셨다. 아마 친구가 태어나기 전이나 태어난 직후 어린 갓난아이를 두고 입대했을 것이다. 그래서 친구는 아버지 얼굴을 모르고 자랐다고 생각된다.

휴가 나온 친구 아버지는 멋진 군복에 바지에 구슬 링을 달아 걸을 때마다 철렁철렁 소리가 났는데, 그 모습이 매력적이었다. 나도 안아 달라고 매달리곤 했고, 안아 주면 기분이 좋았다. 군인을 처음 만났고, 아저씨가 나를 귀여워해 주니 정말 좋았다. 그러나 친구는 아버지를 보면 울며 회피하거나 도망가곤 했다. 그래서 친구 아버지가 휴가를 나올 때마다 나는 졸졸 따라다녔고, 제대한 이후에도 서슴없이 찾아가 대화하며 즐거운 시간을 보냈다.

나와 친구는 어떤 차이가 있었을까. 나는 아버지를 따랐지만, 친구는 낳아 준 아버지를 알아보지 못하고 두려워했다. 자식은 부모를 두려워할 이유가 없다고 생각하지만, 아버지 얼굴을 모르는 친구는 두려움이 앞섰던 것이다. 즉, 아버지를 인정하고 얼굴을 익히는 시간적 여유가 필요했다고 본다.

우리 형도 마찬가지였다. 아버지가 6·25 참전 군인으로 전쟁 발발 전 해에 형을 낳고, 전쟁 때 입대하여 오랜 기간 가족과 떨어져 있었다. 형이 여섯, 일곱 살 때 아버지가 제대했으니 성장 과정에서 교감이 거의 없었다. 그래서인지 형이 아버지와 오순도순 웃으며 대화하는 모습을 보기 어려웠다.

부자유친(父子有親)은 유교의 오륜 중 하나로 '아버지와 아들 사이의 도리는 친애에 있음을 이른다'는 뜻이다. 그만큼 아버지와 아들 사이에 도리와 교감이 쉽지 않아 이런 말이 생겼을 것이다. 그러나 어린 시절 부모와의 대화, 즉 스킨십은 무엇보다 중요하다고 생각한다.

친구 아버지와의 대화는 내게 따뜻한 기억으로 남았다. 동시에 부모와 자식 사이의 교감이 얼마나 중요한지, 어린 시절의 작은 대화와 접촉이 평생의 관계를 좌우할 수 있다는 사실을 깨닫게 해 준 경험이었다.

태풍

햇볕이 쨍쨍 내리쬐는 어느 여름날, 부모님과 함께 집에서 멀리 떨어진 산림 밭에서 콩밭을 매고 있었다. 산림 밭은 마을 앞산 중턱에 위치한 산을 개간하여 만든 밭으로, 주로 콩을 심어 된장이나 간장에 사용하므로 중요한 밭이다. 콩을 많이 수확해야 한 해 동안 간장이나 된장을 해결할 수 있기 때문에 아버지와 어머니가 항상 관심을 두고 밭일을 자주 하는 곳이었다. 이 밭은 집에서 약 1km 이상 떨어진 곳에 위치하고 있으며, 산 아래로 지나는 기차 철로를 건너야 하므로 위험을 안고 있었다.

가족이 한참 동안 콩밭을 매고 있을 때 먹구름이 하늘을 가리고 빗방울이 서서히 내리기 시작했다. 심상치 않은 먹구름을 알아보신 아버지께서 빨리 집에 가서 큰 방문을 닫으라고 하셨다. 큰비가 내리면 열어둔 방문으로 비가 들어가 큰 일이 발생할 수 있다는 것이다. 그 말씀은 큰방에 동생이 혼자 놀고 있으니 빨리 집으로 가 방문을 닫아 비로 인한 피해를 예방하라는 뜻이었다.

　이 말을 들은 나는 동생이 큰방에 혼자 있다는 것을 직감하고 단숨에 달렸다. 마을 입구에 다다랐을 때쯤 제법 굵은 소나기가 내리기 시작했으며, 그 소나기는 남풍을 타고 방문 입구를 지나 방바닥으로 향하고 있었다. 단숨에 달려온 나는 큰 방문을 닫고 안도의 한숨을 쉬며 이렇게 빨리 뛰어와 방문을 닫은 것이 다행이라고 생각했다. 돌이 갓 지난 막냇동생은 혼자 놀고 있었지만 스스로 비를 피하기 위해 문을 닫을 수 없었다. 내가 방문을 빨리 닫지 않았다면 동생이 비에 흠뻑 젖거나 큰 사고가 발생할 수도 있었을 것이다.

　초가집은 여름에 방문을 열어 두는데, 바람 등으로 문이 자연스럽게 닫히지 않게 벽에 고정해 둔다. 이렇게 문을 열어두면 외부 공기와 순환이 가능하여 아기가 혼자 있어도 질식에 대한 염려는 없었다. 그러나 태풍이나 큰 소나기가 발생하면 열어둔 방문을 통해 방바닥으로 빗물이 들어간다. 그때 아기가 비를 피하지 못한다면 생명과 바꿀 수 있는 위험한 상황이 발생할 수도 있었다. 나는 그 위험한 상황에 대처한 것이다.

　옛날 초가는 짚으로 만든 이엉을 겹겹이 쌓아 햇빛을 차단하므로 여름에는 시원하고 겨울에는 냉기를 막아 따뜻한 구조였다. 그러나 처마 끝이 짧아 비바람이 크게 불면 작은 비바람에도 문을 통해 비가 안방으로 들어가는 구조였다. 그러므로 비가 올

때는 무엇보다 방문을 빨리 닫아야 했다.

당시 어머니는 아기를 돌보는 것도 중요했지만, 아버지의 농사일을 돕는 것이 더 급했다. 잠든 틈을 이용해 아기를 집에 두고 밭으로 가셨을 것이다. 동생이 네 명이나 있었으니, 늘 한 명은 업고, 한 명은 데리고 일을 하러 가야 했지만, 멀리 떨어진 산림 밭에는 모두 데려갈 수 없었을 것이다.

새마을 사업과 함께 초가지붕을 걷어내고 기와지붕으로 교체했으니, 1967년 이전의 일이었을 것이다. 그때의 긴박했던 순간은 단순히 방문을 닫은 일이 아니라, 어린 내가 가족의 안전을 지켜낸 경험으로 남아있다.

형아야, 집에 가자

형아야, 집에 가자

나는 여섯 남매 중 둘째로, 내 아래로 네 명의 동생이 있었다. 그중 바로 두 살 터울의 남동생은 특히 활발하고 사교적이었다. 부끄럼이 없고 처음 만나는 사람에게도 스스럼없이 다가가며 이야기를 나누는 성격 덕분에 마을 사람들은 그의 이름을 기억했고, 인기도 많았다. 나를 모르는 이가 있어도 동생을 모르는 이는 거의 없을 정도였다.

내가 초등학교 3학년이던 해, 동생은 1학년으로 입학했다. 어느 날 수업을 마친 동생은 내 교실 앞문을 갑자기 활짝 열며 큰 소리로 외쳤다. "형아, 집에 가자!" 순간 교실은 술렁였고, 담임선생님도 놀라 어리둥절해하셨다. 선생님은 수업 방해라며 타일렀지만, 그 후에도 동생은 교실 앞에서 "형아야, 집에 가자"를 외치며 함께 하교하자고 했다.

동생의 행동은 단순한 장난이 아니었다. 형과 함께 집으로 가고 싶은 마음이 담겨 있었고, 그 모습은 우리 반 친구들에게 큰 웃음을 주었다. 친구들은 "춘근아, 동생이 집에 가자고 한다. 빨리 가라!"며 웃음을 터뜨렸다. 나는 쑥스러웠지만, 친구들은 오히려 긍정적으로 받아들였다. 덕분에 내 이름 석 자가 친구들의 기억 속에 깊이 새겨졌다.

동생은 거의 매일 같은 행동을 반복했고, 우리 반 친구들은 자연스럽게 그를 알게 되었다. 동생의 친구들 역시 내가 3학년에 있다는 사실을 알고 있었다. 아마도 동생은 형이 상급생이라는 사실에서 든든함을 느끼고, 마음속으로 의지하고 싶었던 것 같다.

돌이켜보면, 동생의 행동은 큰 용기가 필요했다. 형제가 같은 학교에 다니는 경우는 많았지만, 수업 중 교실 문을 열고 형을 부르는 모습은 내가 졸업할 때까지 처음이자 마지막이었다. 그 행동 덕분에 수업시간에 웃음을 나눌 수 있었고, 형제애가 교실 안까지 퍼져 나갔다.

세월이 흘러 성인이 된 지금도 가끔 친구들이 동생의 안부를 묻는다. "네 동생은 어디 있느냐?" "무슨 일을 하느냐?" 하며 옛 추억을 되새긴다. 그때는 부끄럽고 쑥스러웠지만, 지금은 따뜻한 기억으로 남아있다. 동생의 "형아 집에 가자"라는 외침은 단순한 말이 아니라, 형제애와 어린 시절의 순수한 마음을 담은 아름다운 추억이었다.

호롱불

어린 시절, 집안의 불빛은 호롱불이었다. 석유를 담은 그릇에 심지를 꽂아 불을 켜면 작은 불꽃이 흔들리며 책을 읽거나 글을 쓸 수 있었다. 그러나 그 빛은 너무 약해 그림자가 생기고, 글씨를 오래 바라보면 눈이 아팠다. 그래서 빈 깡통에 심지를 여러 개 박아 불빛을 키우기도 했다. 심지가 두 개면 두 배, 세 개면 세 배의 밝기를 얻을 수 있었지만, 그만큼 화재 위험도 커졌다. 졸다가 호롱을 넘어뜨리면 석유가 흘러 큰불이 날 수 있었기에 언제나 조심해야 했다.

호롱불은 불편했지만 따뜻한 추억이었다. 작은 불빛 아래에서 글씨를 따라 쓰고, 그림자를 벗 삼아 공부하던 그 시절은 소박했지만 정겨웠다. 그러던 어느 날, 마을에 전기가 들어왔다. 백열등이 켜지자 방 안 전체가 환하게 밝아졌다. 그림자 없는 빛, 스위치 하나로 켜고 끌 수 있는 편리함은 호롱불과는 비교할 수 없는 혁명이었다.

전기가 들어온 날, 친구들과 함께 환호했다. 시골 학교가 읍내 학교와 같아졌다는 자부심이 생겼고, 촌 학교라는 별명도 사라졌다. 그러나 전기의 혜택은 달콤함만이 아니었다. 해가 지면 수업을 마치고 집으로 가던 시절과 달리, 전기가 들어온 뒤에는 늦은 밤까지 보충수업이 이어졌다. 특히 6학년 2학기에는 밤늦도록 공부해야 했기에, 전기의 혜택이 오히려 고통으로 다가왔다.

전봇대를 세우고 전선을 잇던 전공들의 땀방울을 보며 우리는 전기에 대한 꿈과 희망을 품었다. 하지만 그 빛이 우리를 더 오래 책상 앞에 붙잡아 둘 줄은 몰랐다. 가정에서는 문화의 혜택이었지만, 학교에서는 고통의 연장이었다.

그래서일까. 지금도 가끔은 호롱불이 그립다. 희미하지만 따뜻했던 그 불빛, 공부보다 꿈을 더 크게 키워주던 그 불빛이 마음속에 남아있다.

호르몬

초등학교 시절, 처음으로 '호르몬'이라는 단어를 접했다. 선생님은 호르몬이란 동물의 부신이나 목밑샘, 내분비샘에서 분비되어 체내를 순환하며 다른 기관이나 조직의 작용을 촉진하거나 억제하는 물질이라고 설명해 주셨다. 남성과 여성의 호르몬이 다르고, 성인이 되면 그 차이가 뚜렷해진다는 이야기도 덧붙였다.

그러나 어린 우리에게는 이 개념이 너무 낯설었다. 우리는 호르몬이 몸 밖으로 전달되는 물질이라고 착각했다. 남학생과 여학생이 가까이 있으면 서로의 호르몬이 전달되어 성격이나 몸이 변한다고 믿었던 것이다. 심지어 어떤 친구는 여학생과 함께 있으면 임신이 된다는 황당한 소문까지 퍼뜨렸다. 그 말은 사실처럼 받아들여져 남녀 학생들은 서로 일정한 거리를 두고 생활했다.

그 결과, 여학생과 함께 뛰어놀아야 할 체육시간에도, 등굣길과 하굣길에도 우리는 서로를 피했다. 여학생과 소꿉놀이를 했다는 소문만으로도 놀림거리가 되었고, 그 놀림은 초등학교 졸업 때까지 이어졌다. 중학교에 진학해서도 그 영향은 남아, 같은 길을 걸어가면서도 대화 한 마디 나누지 못한 채 묵묵히 먼 산만 바라보며 걸었다. 다른 친구들이 여학생의 가방을 들어주거나 자전거에 태워주는 모습은 그저 부러움으로만 남았다.

돌이켜보면, 잘못된 정보와 왜곡된 인식이 어린 마음에 깊은 상처를 남겼다. 선배들의 성에 대한 부정적인 인식, 그리고 선생님께서 호르몬을 차근차근 설명해 주지 못한 책임도 있었다고 생각한다. 친구들 사이의 놀림 역시 시기와 장난에서 비롯된 것이었을 것이다. 하지만 그 결과, 나는 이성 친구와의 추억이 거의 없는 무미건조한 사춘기를 보냈다.

성인이 된 지금도 그 영향은 남아있다. 일부 여학생과는 연락하지 않고 지내며, 어린 시절의 잘못된 인식이 얼마나 오래 지속될 수 있는지를 몸소 느낀다. 잘못 전달된 '호르몬'이라는 단어 하나가 이성 친구와 건전한 대화를 나누는 데까지 영향을 미쳤다.

비 내리는 날

　장마철, 억수같이 비가 쏟아지던 어느 날이었다. 교실과 복도에서 비가 그치기를 기다리던 순간, 뜻밖에도 아버지가 자전거를 타고 학교에 나타나셨다. 판초우의를 벗는 순간, 나는 아버지임을 알아보았지만, 선뜻 다가가지 못하고 머뭇거렸다. 아버지는 내 이름을 부르며 반갑게 맞아 주셨다.

　아버지는 비가 그치기를 기다리며 발을 동동 구르고 있는 아들을 위해 판초우의를 쓰고 학교까지 오셨다. 나는 자전거 뒷좌석에 앉아 판초우의 속에 몸을 숨겼고, 책보는 비에 젖지 않았다. 친구들의 부러움 속에 아버지와 함께 빗속 운동장을 지나, 홍수로 자주 끊기던 다리를 무사히 건넛집으로 돌아왔다.

　아버지가 오신 까닭은 분명했다. 큰비가 내리면 냇가 건널 다리가 떠내려가기 전에 아들을 안전하게 데려오기 위해서였다. 아버지는 그 다리의 위험을 누구보다 잘 알고 계셨다.

　그 시절, 비가 억수로 내리면 학교에서는 조기 수업을 마치고 귀가시키곤 했다. 임시로 만든 다리가 홍수에 휩쓸리면 그 방향의 친구들은 집으로 돌아갈 수 없었기 때문이다. 소사가 냇가의 상태를 확인하고 교장과 담임이 논의해 수업을 일찍 끝내는 일이 종종 있었다.

그러나 시간이 흐르며 상황은 달라졌다. 콘크리트 문화가 정착되면서 시멘트로 튼튼한 교량이 놓였다. 웬만한 홍수에도 끄떡없도록 설계된 다리는 더 이상 수업과 귀가를 좌우하지 않았다. 비가 아무리 내려도 수업은 예정대로 이어졌다.

그때 친구들은 책보자기를 가슴에 동여매고 비를 맞으며 집으로 갔다. 지금 생각해보면, 책이나 공책은 학교에 두고 가도 되었을 텐데, 왜 그렇게까지 책가방을 지켜야 했을까 하는 의문이 남는다. 한 번 잃어버리면 다시 찾을 수 없었던 그때 우리들의 형편 때문이었으리라.

화장실 이야기

초등학교 입학 전, 우리는 화장실을 '뒷간' 혹은 '통시'라 불렀다. 큰 단지를 묻고 그 위에 발판을 올려 쪼그려 앉아 대소변을 해결하는 방식이었다. 학교에 들어가면서 '변소 청소'라는 말을 접했고, 그때부터 화장실을 변소라 불렀던 기억이 난다.

우리 집에는 안채와 사랑채에 각각 변소가 하나씩 있었다. 안채 변소는 여자들이, 사랑채 변소는 남자들이 주로 사용했다. 뒤처리는 신문지나 공책을 찢어 쓰기도 했고, 없을 때는 벼의 부드러운 잎사귀를 이용했다. 파리들은 변소를 서식지로 삼아 대변을 분해했고, 그 인분은 최상의 거름이 되어 벼농사에 쓰였다. 당시에는 파리조차 자연의 순환을 돕는 익충으로 여겨졌다.

어느 날 대구에서 돌아와 아버지와 대화 중, 앞으로는 쪼그려 앉지 않고 의자처럼 앉아서 변을 보는 '좌변식 변소'가 생긴다고 했다. 어린 나는 그 말을 바보 같은 이야기라 여겼다. 여름철 변소에서 튀어 오르는 똥물을 어떻게 피하겠느냐며 이해할 수 없었다. 그러나 시대는 변해갔다.

새마을 운동이 시작되고, 마을 길은 시멘트로 포장되었으며, 고속도로 공사와 함께 주택도 초가에서 양옥으로 바뀌었다. 변소 역시 집 가까이로 들어오며 수세식 화장실로 변모했다. 물만 내리면 해결되는 구조는 편리했지만, 인분을 발효시켜 거름으로 쓰던 순환 고리가 끊어졌다.

소는 경운기로 대체되었고, 집집마다 키우던 돼지와 가축들도 사라졌다. 퇴비 대신 화학비료가 쓰이면서 마을은 점점 악취로 가득해졌다. 정화조의 개념이 없던 시절, 수세식 화장실에서 나온 인분과 음식물 찌꺼기는 그대로 하수구로 흘러들었고, 논 옆 수로에 쌓여 부패했다. 냇가는 더 이상 빨래와 물놀이, 고기 잡이의 공간이 아니었다. 오염된 물은 악취를 풍기며 추억을 지워갔다.

경제적 풍요와 편리함이 찾아왔지만, 그 이면에는 환경문제가 자리했다. 정화되지 않은 생활 오폐수가 냇가로 흘러들며 마을의 풍경을 바꾸어 놓았다. 뒷간에서 시작된 화장실의 변화는 단순한 생활의 편리함을 넘어, 자연과 인간의 관계를 바꾸어 놓은 시대의 상징이었다.

회초리

회초리는 어린 시절 학교생활에서 빼놓을 수 없는 도구였다. 나무 가지로 만든 매, 그중에서도 박달나무로 만든 회초리가 가장 무섭고도 단단했다. 선생님께 정기적으로 회초리를 공급하는 친구가 있었는데, 그 친구가 한 다발의 회초리를 건네는 순간 교실은 공포 분위기에 휩싸였다.

초등학교 4학년까지는 성적에 따른 체벌은 없었다. 숙제하지 않거나 수업 중 떠들거나 싸움을 할 때만 매를 맞았다. 그러나 5학년이 되면서 상황은 달라졌다. 중학교 진학반으로 편성된 이후부터는 시험 성적에 따라 회초리가 내려졌다. 칭찬과 벌이 아닌, 오직 성적만이 체벌의 기준이 되었다.

회초리를 공급하던 친구는 학교에서 가장 먼 산골짜기에 살았다. 아침마다 해가 떠도 지각에 가까웠고, 하교 후에도 깊은 산길을 걸어야 했기에 보충수업은 거의 불가능했다. 하지만 누구도 그 친구를 무시하거나 놀리지 않았다. 선생님께 회초리를 공급하는 모범학생이었기 때문이다.

나는 종종 원망했다. "회초리가 없다면 선생님이 매질을 못 하실 텐데, 이 친구 때문에 매를 맞는다." 그러나 시험 후 매를 거의 맞지 않는 친구들이 있어 의문이 생겼다. 알고 보니 그들은 선생님의 시험 문제 출제와 인쇄를 도와주며 문제를 미리 알 수 있었던 것이다.

그 친구들의 아버지는 마을의 유지로 존경받는 분이었다. 흰 두루마기 한복 차림으로 학교에 오시면 선생님조차 깍듯이 인사했다. 그분의 아들이 매를 맞는다는 것은 상상할 수 없는 일이었다. 반면 내 아버지는 들녘에서 누추한 작업복을 입고 검게 그을린 얼굴로 살아가셨다. 그래서 내가 성적이 좋지 않아 매를 맞는 것은 당연한 일이라 여겼다.

성인이 되어 친구들과 모임을 하면서 그때의 비밀을 알게 되었다. 시험 문제를 미리 알고 있었던 친구들은 거의 만점을 받았고, 자연스럽게 회초리와는 거리가 멀었다. 당시 시험지는 등사기를 이용해 인쇄했는데, 문제 원고를 등사지에 새기고 잉크를 묻혀 한 장씩 인쇄하는 방식이었다. 문제를 인쇄하는 과정에 참여한 친구들은 시험지를 미리 볼 수 있었고, 그 덕분에 체벌을 피할 수 있었던 것이다.

회초리는 단순한 나뭇가지가 아니었다. 그것은 어린 시절의 두려움, 성적 경쟁의 상징, 그리고 교육의 그림자였다. 지금에 와

서 돌이켜보면, 회초리의 기억은 단순히 아픔이 아니라 당시 교
육의 구조와 사회적 분위기를 보여주는 하나의 단면이었다.

회충약 먹기

"곡식은 쥐가 먹고 영양분은 회충이 먹는다."

어린 시절, 이 말은 농촌 아이들의 삶을 설명하는 현실이었다. 먹을 것이 부족한 시절, 겨우 얻은 음식조차 몸속에 기생하는 회충이 먼저 차지했다. 회충은 인류가 농경을 시작한 선사시대부터 존재해 온 가장 오래된 장내 기생충으로, 우리 삶과 늘 함께 있었다.

학교에서는 정기적으로 구충제를 나누어 주었다. 약을 먹고 나면 대변과 함께 회충이 배출되었다. 해마다 구충제를 먹었지만, 여전히 아이들이 회충을 품고 있었다. 얼굴이 창백하고 무기력하며 성장도 늦은 아이들, 그들의 몸속에는 수많은 회충이 기생하고 있었다. 그래도 학교 덕분에 구충제를 먹을 수 있었던 것은 큰 행운이었다.

회충은 인분을 거름으로 사용한 채소를 날로 먹을 때 쉽게 몸속에 들어왔다. 인분은 최고의 거름이었지만, 제대로 숙성되지 않으면 회충 알이 그대로 살아남았다. 늦가을에 인분을 퍼 놓아 겨우내 숙성시키는 지혜가 필요했지만, 이를 알지 못한 사람들은 자라는 채소에 직접 인분을 뿌려 회충과 식중독을 불러오기도 했다.

어린 시절 외가에 머물던 어느 날, 대변을 본 뒤 항문이 닫히지 않았다. 대변과 함께 배출된 커다란 회충이 끼어 있었던 것이다. 울고 있는 나를 이모가 달려와 확인하고 회충을 제거해 주었다. 그때의 놀라움은 아직도 생생하다.

학교에서 구충제를 먹은 뒤에는 일부러 땅에 대변을 보고 회충이 얼마나 나오는지 확인하기도 했다. 한두 마리일 때도 있었지만, 여러 마리가 한꺼번에 배출될 때도 있었다. 어린 마음에 회충의 입과 눈, 배설구가 어디 있는지 궁금해하며 관찰하기도 했다.

생각해보면, 구충제는 단순한 약이 아니었다. 몸속에서 영양분을 빼앗아가던 회충을 몰아내고, 아이들이 건강하게 자라도록 돕는 생명의 약이었다. 학교는 지식을 가르쳐 준 곳이기도 했지만, 동시에 건강을 지켜준 고마운 곳이었다.

옆집 할아버지는 회충으로 인한 고통을 참지 못해 휘발유를 마셨다는 이야기가 돌았다. 치매 초기였던 할아버지가 술병으로 착각해 휘발유를 마신 것이었지만, 사람들은 이를 구충제 대용으로 믿기도 했다. 과학적 근거는 없었지만, 그만큼 회충은 마을 사람들의 큰 걱정거리이자 숙제였다.

회충약을 먹던 기억은 단순한 어린 시절의 경험이 아니다. 그
것은 가난과 질병, 그리고 공동체가 함께 해결해야 했던 삶의
과제였다. 구충제 한 알 속에는 아이들의 건강과 미래가 담겨
있었다.

과외수업

우리 마을에 유일하게 대학에 입학한 사람이 있었다. 친구의 사촌 형이었다. 작은 시골 마을에서 대학생이 있다는 것은 곧 가문의 영광이자 마을의 자랑이었다. 부모들은 대학에 자식을 보낸 것만으로도 존경을 받았고, 부자로 불리려면 반드시 자식이 대학에 들어가야 했다. 그래서 마을의 부유한 집안일수록 대학에 대한 관심은 남달랐다.

그러나 대학의 문턱은 높았다. 초등학교에서부터 중·고등학교에 이르기까지 늘 상위권을 유지해야만 대학을 꿈꿀 수 있었다. 그래서 마을에 대학생 선배가 있다는 사실만으로도 후배들의 선망의 대상이 되었고, 나 또한 그 선배를 만나면서 대학이라는 꿈을 마음속에 키워나갔다.

여름방학이면 선배는 고향을 찾았다. 나는 친구와 함께 선배의 집을 찾아가 대학 이야기를 들었다. 반짝이는 학생모와 교복은 어린 눈을 부러움으로 가득 차게 했다. 그렇게 이야기를 나누던 끝에, 우리는 선배에게서 영어와 수학을 배우는 과외수업을 받게 되었다.

수업은 툇마루에서 열렸다. 큰 밥상을 책상 삼아 매일 오전 영어 한 시간, 수학 한 시간 수업료는 없었다. 그 시절 한 반에 오십 명 가까운 학생이 빼곡히 앉아 있었기에 선생님께 질문하는 일은 쉽지 않았다. 모르는 부분이 있어도 그대로 진도가 나가 버렸고, 용기가 없어 고개만 숙인 채 수업이 끝나기만을 기다리곤 했다. 참고서는 꿈같은 존재였다. 쌀 몇 되를 팔아야 겨우 살 수 있었으니, 교재 외의 책은 손에 넣기 어려웠다. 돈보다 쌀이 화폐였던 시절, 과외란 상상조차 하기 힘든 일이었다.

그런데 선배는 선뜻 우리를 가르쳐 주었다. 얼마나 고마운 일이었던가. 영어 교과서를 하루 한 과씩 읽고 단어를 익히며 문장을 이해했다. 모르는 것이 있으면 그 자리에서 물어볼 수 있었고, 그 덕분에 영어에 대한 두려움은 조금씩 사라졌다. 수학은 더욱 즐거웠다. 문제를 풀던 습관 덕분에 선배의 설명이 귀에 쏙쏙 들어왔고, 실력은 빠르게 늘었다. 친구나 동생이 물어오면 내가 가르쳐 줄 수 있을 정도였다.

여름방학이 끝나자 수업도 마무리되었다. 아버지의 말씀에 따라 나는 선배에게 나락 한 말을 수고비로 드렸다. 지금으로 치면 쌀 10kg, 약 삼만 원 남짓의 값이었다. 그 작은 보답 속에 담긴 감사의 마음은 이루 말할 수 없었다.

선배 덕분에 나는 중학교 2학년 영어와 수학 진도를 따라갈 수 있었다. 수학 시험은 언제나 상위권을 유지했지만, 영어는 끝내 부족했다. 발음 기호와 악센트, 단어 암기에 흥미를 잃어버린 탓이었다. 그러나 그럼에도 고등학교 진학에는 큰 어려움이 없었다. 지금 돌이켜 보면 실력이 뛰어나서라기보다, 시골의 낮은 진학률 덕분에 무난히 입학할 수 있었던 것이 아닐까 싶다.

안타깝게도 함께 공부하던 친구는 이제 이 세상에 없다. 젊은 나이에 췌장암과 싸우다 세상을 떠난 친구가 늘 그립다. 그와 함께했던 툇마루의 여름, 밥상 위의 교과서, 선배의 목소리⋯ 그 모든 것이 내 마음속에 깊이 새겨져 있다.

지금의 나를 있게 한 고향 선배에게 다시금 감사를 드린다. 선배의 따뜻한 가르침은 세월이 흘러도 잊히지 않고, 마음 한구석에 늘 자리하고 있다. 그리고 함께 공부하자며 나를 이끌어 준 친구여, 고맙다. 너와 나눈 그 여름의 기억은 내 삶의 가장 빛나는 순간으로 남아있다.

물꼬보기

고등학교 3학년 가을 어느 날, 나는 아버지의 심부름으로 논 물꼬를 보러 갔다. 일명 '주산'이라 불리는 곳에 위치한 논은 고속도로를 넘어 수리도랑이 있었고, 도랑에 흐르는 물이 논으로 유입되지 못하도록 막아 두어야 했다. 도로를 따라 걷고 있을 때, 자전거를 타고 지나가는 이웃 마을 친구를 우연히 만났다. 그는 순심중학교를 졸업하고 대구에 있는 5년제 공업전문대학에 다니고 있었다.

그 친구는 학교에서 5년제가 사라지고 2년제 전문학교로 학생을 모집한다는 소식을 전해주었다. 새로 개설되는 학과와 학교 위치까지 상세히 알려 주었는데, 내가 평소 관심을 두고 있던 기계과 학생을 모집한다는 말에 마음이 크게 흔들렸다. 동대구역에서 걸어가면 쉽게 학교를 찾을 수 있다는 안내까지 해주었다. 졸업을 몇 달 앞두고 진학을 결정하지 못해 고민하던 내게, 그 만남은 뜻밖의 행운이었다.

시골 고등학교에서 정규 대학 공과대학 기계과에 원서를 낸다는 것은 감히 상상할 수도 없는 일이었다. 예비고사 합격률도 낮았고, 나는 애초에 떨어질 것을 감안해 원서조차 내지 않았다. 졸업 후 농사를 지을지, 아니면 군에 입대해 장기 부사관으로 근무할지 진로에 대한 고민만 깊어가던 시기였다.

대구에 몇 개의 전문대학이 있다는 사실조차 알지 못했던 나였다. 그 친구가 아니었다면 이런 정보를 얻을 길이 없었을 것이다. 아버지의 심부름이 없었다면 길에서 그 친구를 만날 수도 없었을 터, 그날의 만남은 천운과도 같았다. 전국에 어떤 대학이 있는지 전혀 모르고 막연히 공부만 하던 내게, 진학을 위한 정보는 전무했다. 그나마 공부를 잘하는 친구들은 집안 선배 덕분에 교육대학 정도는 알고 있었지만, 나는 그조차 알지 못했다.

논 물꼬를 확인하고 집으로 돌아온 나는, 다음 주 일요일에 꼭 그 학교를 방문하리라 마음먹었다. 일요일 아침 열차를 타고 동대구역에 내려 친구가 알려 준 길을 따라 학교를 찾아갔다. 교무실에서 입학 전형을 알아보고 원서를 받아 돌아왔지만, 공납금이 생각보다 비쌌다. 시골 논 반 마지기를 팔아야 할 정도의 금액이라 아버지께 쉽게 말씀드릴 수 없었다.

겨울방학이 시작되고 원서 접수 기간이 다가왔다. 큰돈을 들여 대학에 가야 하는가 고민하던 끝에, 어느 날 용기를 내어 아버지께 말씀드렸다. 큰방에 누워 계신 아버지 머리맡에서 진학

이야기를 꺼냈다. 내 말을 들은 아버지는 잠시도 망설이지 않고 승낙하셨다. 다음 날 나는 원서를 들고 학교에 접수했고, 국어·영어·수학 시험을 대비했다. 영어는 부족했지만 국어와 수학에서 좋은 점수를 얻어 무사히 합격할 수 있었다.

돌이켜 보면, 아버지의 심부름이 없었다면 이런 결과를 얻을 수 있었을까 하는 의문이 든다. 그 시간에 친구를 만나지 못했다면 좋은 정보를 얻을 수 있었을까 하는 생각도 든다. 결국 인생은 만남이 중요한 것 같다. 어린 시절 보부상 아주머니로부터 기계과가 미래의 먹거리라는 말을 듣지 못했다면, 나는 불확실한 미래에 대한 걱정만 품은 채 세월을 흘려보냈을지도 모른다.

벼 논에 물대기

농사를 짓는 데 필요한 물을 논밭으로 대는 일을 '물대기'라 한다. 벼농사에는 많은 물이 필요하다. 벼가 성장하는 과정에서 적기에 물을 공급하지 못하면 좋은 열매를 맺을 수 없다. 그래서 농부는 모내기를 마친 뒤부터 최선을 다해 물을 관리한다. 자기 논에 먼저 물을 대려는 욕심에 밤잠을 설쳐 가며 수로를 지키고, 그 과정에서 이웃끼리 다툼이 일어나기도 한다.

물꼬에 물이 넘치면 물막이를 닫아 유입을 막고, 물이 부족하면 물꼬에 물이 넘칠 때까지 밤을 새워가며 수로를 관리한다. 농부에게는 자식이 밥을 먹을 때의 기쁨과 자기 논에 물이 들어갈 때의 행복이 같다. 농경시대의 지혜는 "농사의 으뜸은 물 관리"라는 말로 요약된다.

논은 크게 세 가지로 나뉜다. 빗물에 의지해 농사짓는 천수답, 수리시설이 잘 되어 안정적으로 농사할 수 있는 수리안전답, 그리고 항상 물이 차 있거나 쉽게 물을 댈 수 있는 무논이다.

천수답은 비가 내려야만 농사를 지을 수 있어 가뭄이 지속되면 논농사를 포기하고 밭작물로 대체한다. 수리안전답은 저수지를 통해 물을 공급받아 안정적이다. 우리 마을도 농지정리 이후 대부분이 수리안전답으로 바뀌었다. 무논은 점토 성분이 많아 늘 수분을 머금고 있어 가뭄에도 걱정이 없지만, 김을 매거나 추수할 때 발이 푹푹 빠져 노동력이 몇 배 더 든다. 그럼에도 선조들은 가을 수확을 보장하는 무논을 가장 선호했다.

아버지의 논 중에는 하천에 인접한 천수답이 있었다. 하천에 물이 흐르면 물막이를 열어 쉽게 물을 댈 수 있었다. 수리안전답은 순번을 기다려야 하지만, 이 논은 남의 눈치를 보지 않고도 물을 댈 수 있어 아버지께는 최고의 논이었다. 하천에 물이 많을 때는 통발을 설치해 민물고기를 잡기도 했고, 수리 시설 사용료도 내지 않아도 되었으니 아버지는 이 논을 더욱 아끼셨다.

그러나 세월이 흐르며 하천의 빛깔은 바래기 시작했다. 산에 나무가 심어지면서 모래 유출이 줄었고, 하천 바닥은 점점 낮아졌다. 물꼬와 하천 바닥의 높이가 같아지거나 더 낮아지면서 낙차에 의한 물대기는 불가능해졌다. 결국 맞두레를 이용해 물을 퍼 올려야 했다. 해마다 하천 바닥이 낮아지자 노동력은 점점 더 요구되었다.

몇 년간 맞두레질을 하던 중, 농기계가 발전하면서 경운기 엔진을 이용한 양수기가 등장했다. 맞두레보다 10배 이상 효율적인 양수기는 농부들의 삶을 바꾸었다. 아버지는 힘든 농사일을 포기하지 않고, 경운기를 설치해 양수기로 물을 퍼 올리며 흐뭇해하셨다. "이번 주 토요일에 논에 물을 퍼야 하는데 시간이 되느냐" 하고 물으실 때, 나는 흔쾌히 승낙했다. 아버지와 함께하는 그 순간은 나에게도 보람이었다.

그러던 어느 늦여름, 고등학교에 다니던 나는 경운기 엔진에 시동을 걸고 양수기에 벨트를 거는 순간 손가락이 말려 들어갔다. 손톱 세 개가 빠지는 큰 부상을 입었지만, 불구가 되지 않은 것은 행운이었다. 죽을 고비를 넘긴 나는 읍내 병원에서 치료를 받았고, 손톱은 끝내 정상적으로 자라지 않았다.

양수기는 많은 시간과 경비를 요구했고, 결국 통일벼가 개발되면서 쌀 생산량이 늘자 논의 가치가 낮아졌다. 그 논은 밭으로 바뀌었고, 물을 퍼 올리는 일도 사라졌다.

손톱 때문에 군 생활 중 위생검사에서 얼차려를 받은 적도 있었다. 하루 종일 기름과 씨름하다 보면 손톱 끝에는 늘 검은 때가 끼어 있었다. 그러나 아버지와 함께 논에 물을 대던 기억은 세월이 흘러도 내 마음속에 깊이 남아있다.

복조리 돌리기

복조리란 음력 정월 초하룻날 새벽에 사서 벽에 걸어 두는 조리를 말한다. 조리는 대나무나 싸릿가지의 속대를 엮어 만든 쌀을 이는 도구인데, 쌀을 일어 올리듯 복을 취한다는 뜻에서 '복 들어오는 조리', 곧 복조리라 불린다. 섣달그믐 자정부터 정월 초하룻날 아침 사이에 조리 장수는 "복 많이 받으세요!" 하고 외치며 집 마당에 복조리를 던져 놓는다.

유교에서 말하는 오복(伍福)은 오래 사는 것, 부유하게 사는 것, 건강하게 사는 것, 덕을 좋아하고 베푸는 것, 그리고 제명대로 살다가 편안히 죽음을 맞는 것이다. 이 오복을 담아 오는 조리가 바로 복조리다. 설날에 복조리를 사서 벽이나 기둥에 걸어 두고 하나씩 사용하면, 그해 복이 집안에 가득 들어온다고 믿었다.

우리 마을에서는 해마다 복조리 돌리기 행사가 이어졌다. 선배들이 하던 일을 우리 차례가 되어 하게 되었을 때는, 고등학교 2~3학년 무렵이었다. 친구 열 명 남짓이 읍내 복조리 가게에서 마을 호수에 맞게 조리를 구매했다. 재고는 반납하는 조건이었고, 예쁜 리본으로 두 개씩 묶어 골목마다 친구 두셋이 조를 편성해 자정을 기다렸다. 이번 행사는 후배들에게 물려줄 일이었기에 더욱 멋지게 해내고 싶었다.

자정이 지나자 우리는 골목을 돌며 담 너머로 "복조리 사세요!" 외치며 복조리를 던졌다. 개 짖는 소리가 요란하게 울려 퍼졌다. 한 집의 개가 짖으면 옆집 개도 따라 짖어, 마치 도둑이라도 든 듯한 소란이 일었다. 주인의 밤잠을 깨울까 걱정되기도 했지만, 그것 또한 복조리 돌리기의 풍경이었다.

며칠 뒤 복비를 받으러 가정을 방문하면, 대부분의 집에서는 "수고했다" 하며 정성을 담은 복비를 건네주었다. "누구누구 댁 손자가 이렇게 훌쩍 컸구나" 하며 칭찬과 덕담을 아끼지 않았다. 어떤 집은 대문 옆에 복조리를 걸어 두어 구매 의사가 없음을 표시하기도 했고, 부잣집이라 생각해 편히 접근했지만 뜻밖에 거절당한 경우도 있었다. 또 어떤 집은 당장 돈이 없어 차후에 방문해 달라 부탁하기도 했다. 가정마다 복조리에 대한 생각과 형편이 달랐다.

복조리는 단순히 복을 비는 상징물만은 아니었다. 과거에는 쌀 속의 돌이나 쭉정이를 걸러내는 데 꼭 필요한 도구였다. 벼를 베어 마당에 멍석을 깔고 탈곡하면 낟알 속에 흙과 돌이 섞였다. 바람을 이용해 무거운 낟알과 가벼운 이물질을 가려내고, 마지막으로 조리로 쌀을 이는 과정에서 돌을 걸러냈다. 그러나 돌을

다 걸러내지 못해 밥상에서 아버지나 형제가 돌을 씹는 일도 있었다. 우지직 소리와 함께 이빨은 상하고, 결국 어른들의 치아는 하나둘 잇몸에서 사라졌다. 환갑을 넘기며 틀니를 하신 부모님의 모습은 그 시절의 삶을 보여준다.

복조리에서 말하는 복이란 무엇일까. 나는 이렇게 생각한다. 장수, 부, 건강, 덕, 그리고 제명대로 사는 것. 이 오복을 실천하기 위해서는 무엇보다 음식을 잘 먹어야 한다. 음식을 잘 먹으려면 쌀 속의 돌을 잘 걸러내야 하고, 이를 보호해야 한다. 이가 튼튼해야 음식을 맛있게 먹을 수 있고, 그때 비로소 복이 찾아온다. 그래서 한 해 동안 사용할 조리를 넉넉히 사서 벽에 걸어두었던 것이다.

정월 대보름날에는 복조리를 들고 각 가정을 방문해 오곡밥과 나물 반찬을 조금씩 얻어먹었다. 그렇게 음식을 나누어 먹으면 건강해지고 머리에 부스럼이 없어진다는 믿음이 있었다. 집집마다 풍습과 환경을 이해할 수 있는 기회였고, 반갑게 맞아주는 집도, 마지못해 맞아주는 집도 있었다. 그러나 그 모든 경험은 나눔의 의미를 되새기게 했다.

복조리는 단순한 물건이 아니라 나눔의 상징이었다. 넉넉한 집은 추억으로 여겼지만, 가난한 집은 보름날이라도 굶지 않고 음식을 나눌 수 있었다. 선조들은 굶어 죽는 사람이 없도록 나눔의 미덕을 실천했다. 복조리 돌리기는 그 정신을 이어가는 풍습이었다.

아버지가 들려준 당나귀 이야기

　우리 옆 동네에는 천석꾼이 아닌 만석꾼의 부자가 살았다. 그 부자는 광주 이씨 집성촌인 매원마을에 거주했는데, 일제 강점기에는 독립운동을 위해 미국 등 선진국으로 떠나 활동하기도 했다고 한다. 6·25 전쟁 때는 북한군이 주둔하면서 폭격으로 고택이 불타 옛 모습을 잃었다.

　내가 초등학교에 다닐 때, 그 마을의 할아버지는 횃불을 들고 다니며 국가에서 시행한 토지 특별조치법과 싸우며 빼앗긴 토지를 되찾기 위해 안간힘을 쏟고 있었다. 어느 날 아버지께서 사랑채 부엌에서 소죽을 끓이며 그 부자 집안 이야기를 들려주셨다.

　그 집 주인은 아들에게 늘 "여자의 유혹에 빠지지 말라"는 교육을 했다고 한다. 그는 어린 아들과 함께 당나귀를 타고 들판을 돌며 소작인과 함께 벼의 발육 상태를 살폈다. "이 논은 한 섬이요, 저 논은 두 섬이요" 하고 부르면 마부가 그것을 기록했다. 소작인은 추수 후 계약된 소작료를 납부해야 했기에, 벼의 상태를 미리 확인하고 소작료를 정하는 셈이었다.

토지가 워낙 많았기에 아들에게 땅의 위치를 알려주는 것도 중요했지만, 무엇보다 재산을 지키기 위해서는 사람의 마음을 살펴야 한다고 했다. 특히 향응에 현혹되지 말고, 여자로 인해 이성을 잃지 말아야 한다고 강조했다. 소작인의 대접을 받더라도 판단이 흐려지지 않도록 하고, 마을의 민심이 돌아서지 않게 살펴야 한다는 것이다. 결국 재산을 지키는 것도 사람이요, 재산을 늘리는 것도 사람이다. 사람을 잘 관리하지 못하면 패가망신할 수 있다는 가르침이었다.

그 가문의 기세는 대단했다. 매원마을에서 내려다보이는 땅은 거의 모두 그들의 것이었다. "그 땅을 밟지 않고는 한양으로 갈 수 없다"는 말이 있을 정도였다. 권세가 하늘을 찌를 만큼 컸다. 우리 집안에서 고조할아버지와 증조할아버지 산소를 마련할 때에도, 매원마을의 시야에 있다는 이유로 사전 승인을 받아야 했다. 그래서 그 집은 천석꾼, 만석꾼이라 불리며 권력과 재물을 함께 누렸다.

우리 마을은 처음에는 집터가 아닌 밭 터로 이루어져 있었다. 사람들은 그 땅의 주인에게 소작료를 내며 집을 짓고 살았다. 점차 사람이 모여들어 마을이 형성되었고, 특별조치법에 따라 개인별로 주택을 등기하게 되었다. 내가 어린 시절 살던 곳은 할아버지가 거주하고 아버지가 태어난 집이었다.

어머니가 살던 마을도 씨족이 모여 사는 곳이었다. 특별조치법에 따라 소작인들이 서로 보증서를 작성해 땅을 이전 등기했다. 그 과정에서 지주의 반대가 심해, 주인과 그 식솔들이 마을 입구에 나타나면 소작인들은 깊은 산속으로 도망쳤다. 마을 입구에는 감시인을 두어 주인이 나타나면 연락을 돌려 뒷동산으로 달아나기를 여러 번 반복했다. 결국 등기를 마칠 수 있었다.

지주의 입장에서는 폭력을 써서라도 소유권 등기를 막는 것이 최선의 대책이었을 것이다. 당시에는 법보다 힘이 앞섰기 때문이다. 특별조치법 이전에는 소작인들이 누렇게 익어가는 벼를 보며 소작료를 조금이라도 덜 내려 애썼고, 주인의 비위를 맞추며 머리를 조아렸다. 그러나 등기 이후에는 그런 일이 사라졌다. 소작인들은 당당히 땅의 권리를 주장하며 농사에 전념할 수 있었다.

제4부

엿장수

여행 1. 신라 천년 유적지를 찾아서
—나의 첫 배낭여행

1. 꿈을 꾸다, 경주로

경부고속도로가 착공된 지 몇 년이 지나 전 구간이 개통되었고, 고속버스들은 그 위를 분주히 오갔다. 북쪽으로는 서울, 남쪽으로는 부산까지 닿을 수 있었고, 그 버스들은 상상의 도시로 가는 통로였다. 우리 마을 톨게이트를 경유하던 한진 고속 완행버스는 언제든 탈 수 있는 기회가 있었다. 나는 이 버스를 타고 역사 도시인 신라 천년의 수도, 경주로 여행을 떠나야겠다고 마음먹었다.

여행을 위해서는 최소한의 경비와 장비, 그리고 함께할 친구가 필요했다. 여기에 더하여 당시 사회에 만연했던 폭력적인 분위기 속에서 혹시라도 지역 불량배를 만나더라도 지혜롭게 대처할 수 있는 용기와 능력을 갖추어야 한다고 생각했다.

당시 사회는 학교 선생님의 매는 물론 선배의 폭행이 허용되었고, 지나가는 청년을 바라보았다는 이유만으로 폭행이 일어나는 폭력이 난무하던 시기였다. 심지어 열차 칸에서는 돈을 강요하는 일도 있었고, 남의 물건을 훔쳐도 묵인되는 분위기가 있었다. 시골 생활 특성상 바깥세상에 대한 정보가 부족했고, 자유로운 여행 계획을 세우는 것은 쉽지 않았다.

이러한 두려움 때문에 나는 여행을 대비한 체력 단련을 시작했다. 시간 날 때마다 나무에 매단 샌드백을 이용해 발차기와 잽을 연습했고, 손등에는 굳은살이 박혔다. 상점 창고에서 훔친 병을 격파 연습 대상으로 삼았다. 소주병은 쉽게 격파할 수 있었지만, 주름살이 많아 강도가 더 센 콜라병은 꼼짝도 하지 않았다. 결국 나의 최종 목표는 콜라병 격파였다.

다행히 태권도 3단인 친구가 나와 동행하게 되었는데 그는 사람의 급소를 알고 있어 나보다 실력이 몇 수 위였기에, 그 친구가 곁에 있다는 사실만으로 마음이 든든했다.

2. 경비 마련과 장비 준비

여행 경비를 마련하기 위해 고심을 했다. 농촌이라 모내기를 마친 여름철에는 일자리를 구하기 어려웠다. 궁여지책으로 친구와 함께 논에 농약을 살포하는 일을 하기로 했는데 초복과 중복을 기준으로 농약 살포가 많은 시기를 이용해 수익을 나, 친구, 그리고 동력 살 분무기 비율을 1:1:1로 나누기로 했다.

벼가 무럭무럭 자라는 들판에서, 벼 잎사귀에 피부가 스치는 아픔을 참으며 하루 열 마지기 정도를 살포했다. 논에서 올라오는 열기, 엔진 분무기에서 발생하는 열, 그리고 푹푹 빠지는 논을 걷는 노동으로 땀을 흘렸고, 농약에 취해 머리가 띵할 때도 많았다. 당시 보호 장구는 전무했고, 바람에 흩날리는 농약을 뒤집어쓸 수밖에 없었다. 이 작업을 약 10일간 지속한 후에 비용을 정산했다.

그러나 함께 여행하고자 했던 친구가 가정 사정으로 불참을 통보하여 안타까웠다. 힘들게 번 돈을 여행 경비로 쓰고자 했지만, 괜히 친구만 고생시킨 것 같아 미안한 마음이 들었다.

경비는 마련했지만, 문제는 장비였다. 마을에 단 하나뿐인 등산 장비 배낭과 군용 텐트를 빌리기 위해 순서를 기다려야 했다. 다행히 옆집에 사는 형에게 부탁하여 며칠 뒤 빌릴 수 있었다. 형은 자주 여행을 다니는 분이었고, 나는 늘 그 모습을 부러워했다.

군용 텐트, 배낭 3개, 야전삽, 탄띠, 군용 물통을 받고 주의사항을 들었다. 그중 가장 중요한 것은 야간에 뱀이 텐트 속으로 들어올 수 있으니, 풍년초를 텐트 주변에 뿌리면 뱀이 퇴치된다는 것이었다.

여행에 필요한 목록을 작성했다. 쌀, 꽁치 통조림, 라면, 양은 냄비, 풍년초, 성냥, 담요, 수통과 야전삽, 그리고 불을 지필 때 필요한 휘발유 한 병을 준비했다. 특히 불량배에게 돈을 뺏기지 않기 위해 할머니의 지혜대로 팬티 고무줄 속에 돈을 숨겨 두었다. 어린 생각에 타지에서는 돈이 있어도 쌀이나 음식물을 구매하기 쉽지 않으리라 여겨 식량을 아주 넉넉히 챙겼다.

그리고 미군 부대에 다니시는 친구 아버지 덕분에 카메라를 준비할 수 있었다. 개인이 카메라를 보유하는 것이 이례적이던 시절, 흑백 12장 필름의 귀한 카메라로 추억을 남길 수 있다는 행운을 얻었다.

3. 경주로 향하다

출발 당일, 배낭을 메고 탄띠의 좌측에는 수통, 우측에는 휘발유 병을 찬 채 집을 나섰다. 부모님께 인사를 하고 고속버스 정차장까지 걸어가는 그 순간, 처음 짊어지는 무게와 설렘이 마음 한구석을 찡하게 울렸다.

고속버스에 탑승한 것은 신비로움 그 자체였다. 상냥한 안내양과 멋진 모자를 쓴 운전수 아저씨, 처음 앉아본 자동차 시트, 그리고 뒤편에 설치된 화장실까지 모든 것이 낯설고 우쭐했다. 고향을 등 뒤로 한 버스는 낯선 타지로 달리기 시작했고, 나는 차창 밖 경치와 안내양의 상냥한 안내에 넋을 잃었다.

무사히 경주 터미널에 도착하여 시내버스를 타고 첫 목적지인 첨성대로 향했다. 허허벌판 가운데 우뚝 솟아 있는 첨성대를 직접 만져보고 올라서 보기도 했다. 큰 석재를 쌓아 올린 이 구조물로 신라인들이 천문관측을 하고 일상생활에 적용했다는 사실이 믿기 어려웠지만, 내가 처음 맞이하는 유적지라 감회가 새로웠다.

첨성대 인근의 반월성 입구에는 기념품과 보리빵, 밀빵 등을 파는 상인들이 많았다. 우리는 석빙고를 관람하고 난 후, 반월성 한쪽 모퉁이에 자리를 잡았다. 해가 지고 땅거미가 밀려왔지만, 야영하는 사람은 우리뿐이라 약간의 두려움이 밀려왔다. 행여 불량배가 나타나 행패를 부리거나 물건을 훔쳐 갈까 봐 마음속으로 걱정했다.

4. 반월성에서의 첫 야영

걱정도 잠시, 텐트를 칠 장소를 선정하고 저녁 준비를 시작했다. 군용 텐트를 치고 텐트 주변에 풍년초를 뿌렸다. 나는 아궁이를 만들고 한 친구는 반월성 앞에 흐르는 물을 길어 쌀을 씻었고, 다른 친구는 마른 나뭇가지를 주워 땔감을 준비했다. 눅눅한 나뭇가지 위에 휘발유를 부어 불을 지폈고 밥과 꽁치 통조림 된장국을 만들었다.

고향을 떠나 처음 먹어본 밥은 꿀맛이었다. 우리가 직접 지어 먹는 밥이라 더 뜻깊었다. 배를 채우니 졸음이 쏟아졌지만, 밥 지을 때 발생한 불꽃을 보고 인근 불량배가 모여들까 긴장했다.

그러나 피로에 지친 우리는 깊은 잠에 빠져들었고, 천만다행으로 아무런 불상사 없이 아침 해를 맞이했다.

5. 유적지 탐방과 깨달음

아침을 맞은 후, 우리는 교과서에서 배운 삼릉, 포석정, 불국사, 석굴암을 관광하기로 했다. 길 가는 사람에게 물어물어 유적지를 찾아갔다. 걸어서 삼릉으로 가는 길목에 포석정을 구경했다. 물이 흐르지 않아 실감은 나지 않았지만, 임금과 신하가 풍류를 즐기던 곳이라는 사실에서 나라가 안정되고 부강했음을 짐작할 수 있었다.

불국사 주차장에 내려 불국사 전경을 구경했다. 입장료나 관람시간 제한이 없어 마음껏 다보탑과 석가탑을 눈으로 보고 손으로 만져보았다. 역사 교과서에서만 접하던 유적을 직접 대하니 가슴이 벅찼고, 이를 기념하기 위해 사진기로 추억을 남겼다.

땅거미가 질 무렵, 석굴암에서 해 뜨는 것을 구경하기 위해 산 정상에 위치한 석굴암으로 걸어갔다. 일본인 관광객과 나란히 걸으며 비록 대화는 나누지 않았지만, 우리나라 역사에 대한 일본인의 관심을 느끼는 계기가 되었다.

다음 날 아침, 석굴암 앞에서 동해를 바라보며 해맞이를 할 수 있는 큰 행운을 가졌다. 동해 푸른 바다 위로 떠오르는 태양을 보며 나는 신비함에 빠졌고, 우리 선조들이 태양신을 믿었던 것을 이해할 수 있었다. 태양이 영원히 나를 보호해 줄 것이라는 믿음을 갖게 되었다.

6. 합천 해인사 그리고 뜻밖의 사고

경주 여행을 마치고 집으로 돌아갈 시간이 되었지만, 남은 쌀과 통조림, 그리고 돈이 많아 아쉬웠다. 친구들과 협의한 결과, 고향에서 가까운 합천 해인사로 여행지를 추가하기로 하고 대구행 시외버스에 몸을 실었다. 경주는 물건을 강매하거나 불량배와의 충돌이 없어 여행하기 좋은 청정 지역으로 기억에 남았다. 입장료도 없었기에 경비를 절감할 수 있었다.

대구에 도착한 우리는 남부 시외버스터미널에서 해인사 왕복 완행 시외버스에 몸을 실었다. 버스에는 안내양이 동승하여 승객 승하차 신호를 안내했다. 깊은 산속 해인사에 도착하자마자 개울 양지바른 곳에 텐트를 치고 저녁을 준비했다. 맑은 공기와 물, 새소리, 별빛을 보며 행복한 시간을 보냈다.

다음 날 아침, 팔만대장경을 보관하는 별관을 구경했다. 조상의 지혜를 엿볼 수 있었지만, 새겨진 내용을 이해하지 못해 나에게는 그저 나무 조각에 불과하게 느껴지는 한계도 있었다.

해인사 경내 구경을 마치고 점심시간이 되자, 노점상에서 파는 라면이 눈에 들어왔다. 가진 돈으로는 라면을 사 먹을 수 없어, 남아있는 쌀을 식당 할머니께 드리며 라면 세 그릇과 교환할 수 있는지 물었다. 할머니는 "젊은 청년이 라면보다 밥을 지어 먹는 것이 더 좋을 것이다"라며 밥을 해 먹으라고 권유하셨다. 우리는 할머니 말씀대로 밥을 지어 먹었고, 이익보다 젊은이의 건강을 염려해주신 그 순수한 마음에 지금도 감사함을 잊지 못하고 있다.

고향으로 돌아가기 위해 대구행 버스에 올랐다. 버스에는 많은 사람이 탑승했고, 심지어 이 마을에서 생산된 옹기까지 보닛 위와 주변에 가득 실었다. 사람과 옹기의 무게로 인해 타이어에 연이어 펑크가 발생했다. 운전수는 세 번의 펑크 끝에 더는 버틸 수 없다고 판단했고, 나이 많은 어르신 몇 분을 제외하고 젊은 층은 걸어서 금산재를 넘어오라고 부탁했다.

배낭의 음식과 물이 모두 소진된 상태에서 갈증을 참으며 재를 넘었고, 금산 삼거리 타이어 수리점까지 걸어갔다. 타이어 3개를 때우는 데 3~4시간이 소요되었고, 시간이 지날수록 가진 돈이 부족한 상태에서 걱정이 되기 시작했다.

배고픔을 참고 저녁 늦은 시간에 대구에 도착했으나, 고향으로 가는 막차는 이미 떠나고 말았다. 가지고 있는 돈은 고향에 갈 여비가 전부였기에 음식도 사 먹을 수 없었다. 궁여지책으로 친구와 의논하여 대구에 계신 삼촌 댁에서 하룻밤 신세를 지기로 했다.

7. 삼촌 댁에서의 하룻밤과 귀향

　삼촌 댁으로 가는 시내버스를 타고 내린 시간은 밤 10시가 넘었고, 가로등도 없어 캄캄했다. 한 친구가 청소 중이던 하수구에 빠지는 사고를 겪으며 당황해 울었지만, 다행히 무사히 삼촌 댁을 찾았다. 늦은 밤 하수구 냄새를 풍기며 대문을 들어섰을 때, 삼촌과 숙모님은 우리를 반갑게 맞이해주셨다. 큰 냄비에 끓인 국수로 저녁을 해결하고 마루에서 잠이 들었다. 우리가 잠든 사이, 숙모님은 하수구에 빠진 친구의 바지와 신발을 깨끗이 씻어 빨랫줄에 걸어 두셨다. 다음 날 아침, 삼촌께 용돈을 얻어 무사히 고향으로 돌아왔다. 그때 그 하수구 냄새나는 옷을 손빨래해주신 숙모님의 고마움은 아직도 잊히지 않았다. 농경사회에서 공업사회로 넘어가는 시대, 도시에서 좋은 직장을 얻은 삼촌은 시골의 아버지와는 비교할 수 없는 존경의 대상이었다. 그런 삼촌을 찾아뵙는 것은 경제적 부담과 함께 늘 조심스러운 일이었다. 여름방학을 마치고 2학기가 시작되었지만, 내가 겪은 경주 여행 이야기를 흥미롭게 들어주는 친구는 거의 없었다. 여행을 다녀온 친구가 없었기 때문에 맞장구쳐 줄 사람이 없어 이야기는 곧 흥미를 잃고 말았다. 하지만 나에게 이 2박 3일의 여정은 낯선 세상에 대한 도전, 역사 체험, 그리고 스스로 생존하는 법을 배운 소중한 성장의 기록으로 남았다.

여행 2: 싸우지 않고 이기는 방법은

1. 포항 여행 준비와 체력 보강

고등학교 1학년이 되었을 때, 나는 다시 한번 여행을 떠나기로 마음먹고 준비를 시작했다. 지난해 여름, 여행지에서 큰 충돌 없이 일정을 마쳤지만, 만약의 사태에 대비하고자 체력 단련을 더욱 강화했다. 중학교 3학년 때보다 실력을 쌓아, 이제는 남에게 자랑할 정도는 아니더라도 콜라병보다 강도가 센 사이다병을 거뜬히 격파할 수 있는 수준이 되었다. 태권도 3단 친구 역시 태권도 실력이 날로 발전하여 그의 발차기는 다른 친구들의 부러움을 살 정도였다.

이번 여행지는 포항 송도 해수욕장으로 정하고, 며칠간 해수욕과 일광욕을 즐기며 추억을 남길 계획을 세웠다. 지난해와 마찬가지로 캠핑 장비는 순번제로 빌려 쓰기로 했고, 장비 대여 날짜에 맞춰 캠핑 일정을 수립했다. 작년에 다녀온 경험을 바탕으로, 이번에는 손전등과 초를 추가하여 준비를 마쳤다. 돈을 도둑맞을 위험에 대비해 지폐 한 장은 할머니의 아이디어대로 팬티 고무줄 속에 숨겼고, 또 다른 한 장은 나의 아이디어로 티셔츠

옷깃에 숨겨 두어 두 곳으로 분산했다.

해수욕장처럼 인파가 많은 곳에서는 돈을 잃어버릴 확률이 더 높다고 생각했기 때문이었다. 수영복은 따로 없었기에 여분의 팬티를 챙겼다. 옷은 입고 가는 교련복 외에 바지 한 벌을 추가했다. 친구들과 함께 고속버스를 타고 포항 송도 해수욕장에 무사히 도착할 수 있었다. 해변에는 예상보다 많은 인파가 텐트를 치고 수영을 즐기고 있었다.

2. 안식처를 잃다

우리는 텐트를 설치할 장소를 물색하던 중, 군인들이 야영하고 있는 장소의 인접한 곳에 자리를 잡았다. 혹시라도 불량배가 나타나더라도 나라를 지키는 군인 아저씨들이 우리를 안전하게 지켜줄 것이라는 굳은 믿음이 있었기 때문이었다. 텐트를 치고 저녁 준비를 시작했지만, 가장 큰 난관은 식수였다. 바닷가에는 산 개울처럼 흘러가는 냇물이 없었기 때문이었다. 결국, 인근 민가 주인에게 돈을 지불하고 우물물을 사용하기로 했다. 우물 사용료는 한 두레박에 100원, 혹은 마음껏 사용할 경우 1,000원을 선택할 수 있었다.

주인아주머니의 권유와 무더운 여름에 물을 많이 사용할 것 같아 1,000원을 지불하고 식수로 사용했다. 밥을 지어 먹고 파도치는 바다를 바라보며 쉬고 있을 때였다. 갑자기 군인 야영장에 설치된 텐트가 철거되고 군인들도 철수하는 것이었다. 결국, 동떨어진 곳에 우리 텐트만 덩그러니 남게 되었다. 군인 아저씨들을 믿고 자리를 잡았는데, 그들이 철수하자 지역 불량배들에 대한 공포가 밀려오기 시작했다.

3. 절체절명의 위기

석양이 지고 땅거미가 밀려오면서 어둠이 내리기 시작했다. 그때, 교련복을 입은 포항 거주 공업고등학교 2학년 몇 명이 나타나 시비를 걸기 시작했다. 처음에는 손전등을 빌려달라고 요구했고, 빌려주었지만 그들은 이어서 또 다른 것을 요구했다. 우리가 응하지 않자, 텐트 주변으로 서서히 더 많은 사람이 모여들기 시작했다. 나는 더 이상 물러설 곳이 없다고 판단하고 단호하게 맞서기로 마음먹었다. 만약 폭력이 가해진다면, 폭력으로 응징해야 하겠다고 다짐하고 그들을 맞이했다. 그 불량배들은 파도가 치는 바닷가 해안에 우리를 세웠다.

우리는 동해를 바라보고 있었고, 그들은 동해를 등지고 육지를 바라보는, 즉 우리가 높은 곳에서 그 불량배들이 낮은 곳에서 우리를 지켜보는 형국이었다. 이때 불량배 중 한 명이 주먹으로 우리 친구의 배를 툭 쳤다. 이 친구는 맞자마자 "아프다"며

흐느껴 울면서 "잘못했다"는 말을 했다. 우리는 잘못한 것이 하나도 없었지만, 그 친구는 위기를 모면하고자 그렇게 대답하고 말았다. 옆에 있던 다른 친구도 미안하다는 뜻의 말을 이어가며 상황을 피하려고 했다. 다음은 내 차례였다. 친구가 힘을 주어 주먹을 휘두르자, 나도 내 주먹을 그의 얼굴을 향해 겨눴지만, 그의 주먹은 별로 힘이 있어 보이지 않았다. 나는 공격할 기회를 엿보고 있었다. 그때 불량배는 마지막으로 태권도 3단 친구에게 다가가 폭력을 행사했다. 그런데 이 친구는 불량배가 툭 치자마자 "아파 죽겠다!" 크게 고함 지르며 바닥에 데굴데굴 구르는 것이었다. 얼마나 고함소리가 큰지 나도 깜짝 놀랐다. 다른 친구들은 맞고도 별다른 반응이 없었는데, 그 친구는 고통을 참지 못하고 "아이고, 죽겠다!" 고래고래 소리쳤다.

싸우지 않고 이기는 방법은 엄살을 떠는 것, 아픈 척 연기를 해서 싸움을 피하는 방법이었다.

엿장수: 마을의 향수를 좇다

1. 엿장수의 등장과 풍경

"엿 사세요, 엿!"

엿장수가 외치는 소리와 함께 가위가 쩔꺽쩔꺽 소리를 내면 마을 사람들은 엿장수가 왔음을 알았다. 집 안팎을 두리번거리며 엿과 바꿔 먹을 수 있는 물건을 찾기 시작했다. 운이 좋은 날에는 쓰지 못하는 고물이나 고철을 찾아 엿을 얻어먹을 수 있었다. 그때 엿만큼 좋은 간식은 없었기에, 마을 사람들은 엿장수가 오기를 기다렸다. 엿장수의 가장 두드러진 특징은 쩔꺽쩔꺽 소리를 내는 큼직한 가위였다. 이 가위는 엿을 떼어내는 용도뿐만 아니라, 사람들을 불러 모으는 큰 역할을 했다. 엿장수들은 엿가락을 담은 목판을 목에 걸고 이 마을 저 마을 다니며 사람을 모았다. 이 쩔꺽거리는 가위 소리는 달콤한 엿에 대한 유혹을 참지 못하게 했다.

용돈이 있으면 엿을 사 먹었지만, 그렇지 못한 사람들은 고철이나 고물로 엿을 바꿔 먹었다. 엿장수들은 엿을 많이 팔기 위해 엿치기를 유도하기도 했다. 가래엿 가운데를 뚝 꺾어 구멍이 큰 쪽이 이기는 놀이였는데, 진 사람이 엿값을 내야 했다. 이길 경우 엿을 공짜로 먹을 수 있었기에, 가끔은 엿장수와 내기하기도 했다.

2. 고물 장수 시대의 변화

처음에는 엿목판을 메고 행상을 하던 엿장수들이 주로 현금을 요구했지만, 세월이 흘러 리어카에 엿목판을 싣고 다니면서 엿장수의 본격적인 황금 시기가 시작되었다. 리어카를 이용한 엿장수는 현금 대신 고물과 고철, 쌀, 빈 병뿐만 아니라 가정에서 사용하는 물건들을 엿과 바꿀 수 있게 만들었다. 처음에는 탄피나 탄창 같은 군수 물자에 의존했지만, 점차 고철과 고물이, 그 다음에는 퇴비장이나 헛간에 놓인 농기구가 대상이 되었다. 나중에는 부엌을 지키던 놋그릇, 안방을 지키던 인두와 다리미, 심지어 조상으로부터 물려받은 유물까지도 엿장수의 손에 넘어가게 되었다.

3. 엿장수의 삶과 관찰

이 동네 저 동네를 돌아다니며 마을 인심과 구경도 하고 돈도
벌 수 있다는 생각에 나 또한 엿장수를 경험해 보고 싶었다. 하지
만 어린 나이에는 불가능했기에 때가 되기를 기다렸다. 중학교 때
친구 아버지가 고철 장사를 시작하면서 엿장수 몇 분을 고용했다.

나는 엿장수에 대한 관심을 놓지 않고 친구 집에 자주 놀러 가
그들의 일상을 눈여겨보았다. 대부분 나이가 많은 분들로, 가족을
잃고 홀로 사시는 분들이 많았다. 어떤 분들은 가래엿을 만들어 목
판에 담아 하루 일과를 준비했지만, 몇몇 분들은 일은 하지 않고 술
로 하루하루를 연명하기도 했다. 마음씨가 착하고 인정이 넘치는
분도 있었지만, 인생을 포기하고 무의미하게 보내는 분들도 있었다.
엿장수 대부분은 무연고자로 주민등록이 없는 경우가 많았다.

이분들이 생을 마감하면 울어줄 상주도 없이 읍에 신고하여
처리해야 했다. 마을 어른이 돌아가시면 삼일 또는 오일장으로
치르고 상주와 마을 주민이 함께 슬픔을 나누며 장례를 치르던
것과 달리, 이분들의 마지막은 읍내 청소 차량이 해결했다. 어린
마음에 그 모습이 참 처량하게 느껴졌다.

엿장수를 하는 분 중에는 생계유지보다 헤어진 가족을 찾기
위해 엿장수를 한다는 사람도 있었다. 집 나간 부인을 찾기 위
해 엿장수로 위장하여 이 마을 저 마을 다니는 분, 혹은 전쟁으

로 인해 남편의 생사를 알지 못하고 재혼한 부인을 찾는 남편 이야기는 전쟁이 남긴 상처가 얼마나 큰지 짐작하게 했다.

4. 미숙했던 첫 경험과 열정

고등학교 시절, 친구와 함께 경운기에 엿목판을 싣고 우리 동네와 멀리 떨어진 시골에 엿을 팔러 간 적이 있었다. 행여 아는 친구를 만날까 염려되어 깊은 산골짜기의 조그마한 마을로 향했다. 그토록 해보고 싶던 일이었기에, 마을 입구에 들어서면서부터 엿가위를 치며 "엿 사세요" 하고 골목길을 다녔다. 하지만 생각보다 쉽지 않았다. 아무리 목 놓아 불러도 어린아이가 나타나지 않았고, 엿은 거의 팔지 못했다. 해는 서산에 지기 시작했고, 결국 엿 판매를 종료하고 집으로 향했다. 경운기 기름값도 마련하지 못한 적자였다.

이런 첫 경험을 했음에도 나는 엿장수에 대한 매력에 푹 빠져 있었다. 엿을 판매하는 과정에서 일어날 수 있는 여러 가지 상황을 상상했다. 예쁜 처녀를 만나는 일, 미래의 장모님 될 분이 나에게 호감을 보이는 일, 혹은 젊은 사람이 이런 일을 한다며 꾸짖는 사람을 만나는 일 등, 이런저런 상상에 빠지며 언젠가 한 번쯤은 실천에 옮겨야겠다고 마음먹었다.

5. 용기 없는 포기

군 입대를 몇 달 앞둔 겨울 2월 어느 날, 이제 군에 가면 하고 싶은 일을 할 기회가 다시 오지 않을 것이라는 생각에, 완행버스를 타고 집과 아주 먼 곳에 위치한 성주군 초전면으로 향했다. 버스 창밖을 내다보며 '고물 장수'라는 간판을 눈여겨보았고, 버스가 그 상가를 지나자마자 내렸다. 고물가게 대문 앞에서 서성였지만, 굳게 닫힌 대문을 두드리지 못하고 결국 포기하고 말았다. 그곳까지는 갔지만 용기가 없었다. 주인을 만나 나를 어떻게 소개해야 할지, 그곳 분들과 어떻게 일을 시작해야 할지, 내가 과연 잘 해낼 수 있을지 등 여러 가지 의문에 사로잡혀 발길을 돌렸다.

엿장수, 즉 고물 장수에 대한 열정은 있었지만 행동으로 옮길 자신이 없었다. 하지만 그때 왜 그런 일을 해보고 싶었는지, 그토록 용기를 내어 그곳까지 가게 되었는지 지금도 궁금하다. 엿장수를 하며 이웃 마을을 구경하고 마을의 향기를 느껴보고 싶었던 그 마음은 지금도 내 한구석에 생생하게 살아 있다.

월급날, 미군 부대 정문 앞 풍경
—동네 아주머니들의 기다림

1. 미군 부대와 월급날의 풍경

내가 태어나고 자란 고향은 미군 부대와 인접한 곳에 위치해 있었다. 동네 어른들 중에는 농사에 종사하시는 분들도 계셨지만, 공무원이나 미군 부대 문관으로 일하시는 분들도 있었다. 이분들은 자전거를 타고 출퇴근하셨다. 미군 부대에 근무하는 분들은 한 달에 한 번 현금으로 급여를 받았다. 당시 한 달 급여는 논 한 마지기를 살 수 있을 만큼 엄청난 가치가 있었다고 했다. 보통 남편은 용돈을 제외한 나머지 급여를 아내에게 전달하는 것이 관례였다. 문제는 급여를 받는 날이면, 군부대 앞 술집이 발 디딜 틈도 없이 가득 찼다는 것이었다.

특히 술을 좋아하시는 분들은 월급봉투를 집에 계신 부인께 전달하지 못하고 술집 외상값이나 유흥비로 모두 탕진하는 경우가 많았다. 그래서 부인들은 월급날이면 부대 정문에서 남편이 퇴근하기만을 애타게 기다렸다. 급여는 가정을 꾸려나가는 경비이자 자식들의 학자금 등 가족을 위해 반드시 쓰여야 할 돈이었기에, 아내들은 수단과 방법을 가리지 않고 월급봉투를 확보해야 했다. 부대 정문은 곧 남편을 찾는 아내들로 인산인해를 이루었고, 남편을 만나 급여 봉투를 빼앗으려는 아내들의 안간 힘이 느껴지는 장소였다.

남편을 만나기 위해 부대 정문으로 걸어가던 중 교통사고로 돌아가신 분도 있었다. 그만큼 절박한 상황이었다. 정문 입구는 남편과 화내며 싸우는 사람, 엉엉 우는 사람, 남편을 욕하는 사람 등 갖가지 다툼이 발생하는 현장이었다. 나는 늘 궁금했다. 무엇 때문에 귀한 월급이 가정으로 돌아가지 않고 술집으로 흘러갔는지, 남편들은 왜 아내를 피하려 했는지, 그리고 목숨까지 걸면서 남편을 만나야 했던 이유가 무엇인지 말이다.

2. 장인어른께 들은 월급날의 숨겨진 이야기

내가 정년퇴직을 한 후, 6·25 전쟁 참전 용사이자 군부대에서 정년퇴직하신 장인어른과 허심탄회하게 대화를 나눌 기회가 있었다. 내가 중학교 시절 목격했던 미군 부대 정문 앞 풍경, 교통사고로 돌아가신 분의 이야기, 그리고 그 많은 급여가 술값으로 사용된 이유에 대해 여쭈어보았다. 장인어른께서 설명해 주신 당시의 사회적 분위기는 이러했다.

당시 군무원들의 삶과 사회 분위기는 이러했습니다.

당시 군무원들은 6·25 참전 후 전역했지만 직업을 갖지 못하고 방황하다가 인근에 창설된 군부대에 취업한 분들이 상당히 많았다. 이들은 함께 전쟁에 참전했다가 순직한 전우들을 생각하며, 살아남은 사람으로서 일종의 책임감과 미안한 마음을 가지고 있었다. 전우애와 미망인에 대한 부채감이 당시 사회를 지배하는 분위기 중 하나였다. 전쟁미망인이 술집에서 근무할 경우, 당시 군무원들은 술집의 매출과 팁으로 적극적으로 이들을 도왔다. 술집에서 근무할 수 없는 미망인에게는 첩을 두는 방식으로 경제적 도움을 주는 사례도 많았다고 했다. 이러한 과정에서 일부 군무원들은 지나치게 미망인에게 치우쳐 가정을 소홀히 돌보지 못한 분들도 있었다.

가정을 돌보지 않은 남편들의 생각은 '남편이 살아 있는 것만으로 아내가 위안을 삼을 것이다'라는 위안 삼기식의 합리화도 깔려 있었다고 했다. 물론 순전히 술에 중독되거나 도박에 중독되어 자산을 탕진하는 경우도 있었지만, 전반적으로 당시의 사회적 분위기는 전쟁 미망인에 대한 관심이 매우 높았다고 장인 어른은 회고하셨다. 남편의 급여가 술집으로 흘러갔던 그 절박한 풍경 뒤에는, 개인의 유흥 문제를 넘어 전쟁의 상흔과 전우애에서 비롯된 복잡한 사회적 책임감이 얽혀 있었다는 것을 비로소 이해할 수 있었다. 가족을 위한 돈을 지키려는 아내의 절규와 전우에 대한 부채감을 짊어진 남편의 행동이 충돌했던 아픈 시대의 단면이었다.

기물장수와 부엌의 혁명: 쌀과 양은의 밀거래

1. 리어카 기물장수의 등장

교통 및 운반수단이 발달하면서, 생활필수품을 봇짐이나 등짐으로 나르던 장수들은 서서히 사라졌다. 그 자리를 대체한 것은 여러 종류의 물건을 한꺼번에 싣고 다닐 수 있는 리어카 기물장수였다. 리어카는 다양한 크기의 양은그릇, 반찬용 종지, 주전자, 냄비, 그리고 식구 수에 맞춘 크고 작은 밥솥을 주렁주렁 매달고 다녔다. 이로써 구매자들은 필요한 물건을 직접 비교하며 살 수 있는 환경의 변화가 시작되었다.

기물장수는 하루에도 몇 번씩 대문 앞에서 어머니의 구매력을 자극했다. 사랑방을 지키는 할머니가 계시지 않았다면 마당 가운데까지 들어올 수 있었겠지만, 보통 대문 어귀에 리어카를 세워 두고 "가정에 쓰는 냄비나 그릇을 팝니다! 그릇 사세요!" 하고 외쳤다. 리어카에 매달린 다양한 기물을 구경하던 어머니는 언젠가는 저것들을 사야겠다고 구매욕을 느끼셨을 것이다.

2. 무거운 놋그릇 시대의 종말

당시 가정에서 사용하던 살림살이 그릇은 놋쇠로 만든 무거운 놋그릇과 무쇠로 만든 가마솥이 전부였다. 놋그릇은 시간이 지나면 녹이 슬어 정기적으로 닦아내는 번거로움이 있었다. 그런 시대에 무게가 가볍고 색상이 변하지 않으며 녹이 슬지 않아 관리하기 쉽고 사용하기 편리한 양은으로 만든 기물이 유통되기 시작했다.

우리 집 부엌에는 큰 가마솥 두 개가 걸려 있었다. 큰 것은 밥을 짓는 데, 작은 것은 국을 끓이는 데 사용했다. 식구 수만큼의 놋그릇과 반찬을 담을 종지가 전부였다. 어머니는 이 무거운 가마솥으로 음식을 만들어 놋그릇에 담아 마당을 지나 사랑방에 계신 할아버지와 할머니께 가져다드렸다. 밥그릇과 국그릇, 반찬 종지를 합한 무게는 상당했을 것이다. 할아버지, 할머니 식사가 끝난 후에는 가마솥 누룽지로 끓인 숭늉을 또 가져다드려야 했다. 하루 세 번, 무거운 놋그릇을 다뤄야 했던 어머니는 분명 가벼운 양은기물로의 탈피를 간절히 원하셨을 것이다.

3. 연료의 변화와 새로운 조리 기구의 필요성

당시 밥을 지을 때 사용하던 땔감은 짚단, 보릿단, 나뭇가지, 잡초를 건조한 건초가 전부였고, 부잣집에서나 장작을 사용했다. 특히 비가 내리는 장마철에는 어려움이 컸다. 비닐과 대나무 우산을 쓰고 밥을 지었지만, 큰비에는 땔감이 젖어 연기만 피어오를 뿐 음식에 필요한 화력이 낮아 조리 시간이 오래 걸렸다.

그러다 산업 발달로 연탄이라는 신종 땔감이 등장했다. 연탄은 짚단이나 보릿단에 비해 열량이 높아 비를 피할 수 있는 처마 밑에 연탄 화덕을 설치해 사용할 수 있었다.

연탄불은 몇 시간 동안 열이 지속되어 조리 시간에 구애받지 않고 밥과 반찬을 만들 수 있었다. 하지만 문제는 이 좋은 연료를 사용할 만한 적당한 크기의 밥솥이나 냄비가 없었다는 것이었다. 새로운 기물이 절실했다. 연탄 화덕은 공기 주입구를 조절하여 화력을 통제했지만, 평소 불이 꺼지지 않게 관리해야 하는 불편함이 있었다. 연탄과 더불어 방의 불빛을 밝히던 호롱불의 연료였던 석유가 새로운 땔감으로 유통되기 시작했고, 석유곤로가 생겨났다. 석유곤로는 밥을 지을 때만 점화하고 조리가 끝나면 소등할 수 있어 간편했다. 화력 조절도 자유로워 연탄에 비해 경제적이고 편리했다. 이러한 산업 발전은 가정의 편리함과 변화를 이끌었다.

4. 시어머니 몰래 기물장수와의 밀거래

아무리 좋은 연료를 사용하는 연탄 화덕과 석유곤로가 생겨도, 이에 맞는 조리 기구가 없으니 무용지물이었다. 결국 어머니는 기물장수와 미리 약속하고 현금이 아닌 벼로 물건을 사기로 마음먹었다. 어머니는 기물장수에게 집 대문과 멀리 떨어진 곳에서 기다려달라고 약속했다. 그리고 사랑방을 지키는 시어머니(할머니)가 외출하실 때까지 기다렸다. 어머니는 망을 보고, 나는 집 뒤주에서 벼를 담아 운반하는 임무를 맡기로 했다.

할머니가 배꼽마당을 지나 들판이나 친구댁으로 가시는 것을 확인하고 어머니와 나는 작전을 개시했다. 할머니가 마을 어귀를 완전히 지나 시야에서 사라지자, 어머니는 대문 입구에서 망을 보셨다. 할머니의 승인 없이 물건을 구매하면 꾸중을 감수해야 했기에, 어머니의 마음은 얼마나 긴장되었을까. 나는 뒤주의 문을 열고 가마니에 어머니가 말씀하신 만큼의 벼를 담아 리어카에 싣고 배꼽마당에 대기 중이던 기물장수에게 가져다드렸다. 그리고 어머니가 주문한 양은솥, 냄비, 그릇, 주전자, 프라이팬 등 각종 기물을 리어카에 실어 아무도 모르게 부엌으로 운반했다.

어머니와 내가 모의한 기물 구매는 성공적이었다. 오랫동안 부엌을 지켜오던 무거운 가마솥과 놋그릇은 이제 희소성의 가치가 점점 낮아졌다. 어머니의 구매력은 과거 쌀독의 쌀 한 되, 두 되로 만족하던 수준에서, 산업 발전과 함께 되에서 말로, 쌀독에서 힘센 남자의 영역인 뒤주로 변화하며 경제권을 확장하고 계셨던 것이다. 이후 공업의 발달은 계속되어, 연탄 화덕은 연탄보일러와 연탄난로로 진화했고, 석유곤로는 석유난로 및 석유보일러, 석유 온풍기로 발전했다. 마침내 전기 에너지를 이용한 전기곤로와 전기밥솥 등 가전제품이 유통되기 시작하면서, 가정의 생활은 더욱 편리해지고 부엌은 혁신적으로 바뀌어 갔다.

샤인머스켓 농부 이야기

정년퇴직 후 산업안전보건법에 의한 안전보건교육기관에 몸을 담게 되었다. 교육기관으로 면모를 갖추고 수익이 발생할 시점에 '코로나 19'가 시작되어 집합 교육이 중단되고 언제 끝날지도 모르는 코로나 19에 무릎을 꿇고 말았다.

어느 날 부모님의 유산으로 물려주신 농지가 생각났다. 이 농지를 왜 물려주었을까 하는 의문을 품고 있을 때, 고향 친구가 샤인머스켓 포도를 권유하여 포도를 재배할 계획을 세웠다.

가족과 상의 하여 포도 농장의 상호를 '포동포도농장'으로 하고, 칠곡군 왜관읍 삼청4길 28-95번지에 모종을 심어 6년 차 농부에 이르고 있다.

제11회 11th Chilgok Nakdong River Peace Festival
칠곡낙동강평화축제
포동포도농장
1송이판매

〈포동포도농장〉 농부
임춘근 : 010-5513-3740
경상북도 칠곡군 왜관읍 삼청4길 28-95

아버지의 들녘, 나의 뜨락

임춘근 지음

발행처	도서출판 청어
발행인	이영철
영업	이동호
홍보	천성래
기획	육재섭
편집	이설빈
디자인	이수빈 | 구유림
인쇄	정우인쇄

등록   1999년 5월 3일
         (제321-3210000251001999000063호)

1판 1쇄 발행 2026년 2월 20일

주소   서울특별시 서초구 남부순환로 364길 8-15 동일빌딩 2층
대표전화 02-586-0477
팩시밀리 0303-0942-0478
홈페이지 www.chungeobook.com
E-mail   ppi20@hanmail.net

ISBN   979-11-6855-430-6(03810)